僕の永遠を全部あげる

汐 見 夏 衛

Contents

装画：ふすい

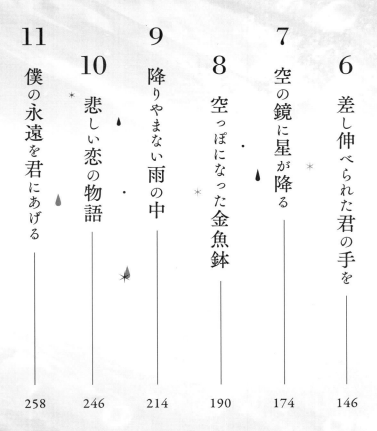

0 流星の雨が降る夜に

――君がどこにいようと、僕は必ず君を見つける。

夜空を映す水たまりに、再びぽつぽつと雨が落ち始めた。次々に生まれる波紋がぶつかり合って、溶けるように消えていく。

一瞬ごとに変化する水面の模様をぼんやりと眺めていると、さあっと空気を震わせる音とともにあたりが霧雨《きりさめ》のカーテンに包まれた。雨音はあっという間に強くなって、空気も服もどんどん湿り気を帯びていく。濡《ぬ》れた髪が顔や首にまとわりついて不快だ。

抱えた膝《ひざ》にうずめていた顔を上げて夜空を仰ぎ見ると、無数の冷たい雫《しずく》が頬《ほお》を柔らかく叩《たた》いた。白く冴《さ》える街灯の明かりに照らし出された雨粒は、無機質な光をはらんで銀色に輝き、まるで流れ星のようだ。

どこかで聞いた、星降る夜、という言葉が脳裏に浮かんだ。そういえば雨も星も『降る』って言うなあ、ととりとめもないことを考える。

降りしきる雨の中、深夜の公園の片隅で息を殺すように身体《からだ》を丸めている私は、とてつもなくひとりだ。その空々しさを紛らすために、もしもこの雨粒が全《すべ》て星だったらどんなだろう、と仰向いたまま目を閉じて想像してみる。きらきらと光り輝きながら、果てしない夜空から絶え間なく降り注いでくる、数えきれないほどの流れ星。

雨に打たれる瞼《まぶた》の裏に幻想的な光景を描いた直後に、いや、それよりも、と思い直す。どうせ無数に降ってくるのなら、星や雨なんかより、やっぱり食べ物のほうがいい。色とりどりの金米糖とかだったらすごく幸せだ。

「……お腹《なか》空《す》いたな……」

ぱらぱらと全身に降りかかる雨を感じながら小さく呟《つぶや》き、私はまたうつむいて膝に顔を押しつけた。そういえば昼に購買のパンを一個食べたきり、何も口にしていない。

風が吹いて、背中に震えが走る。まだ冬の気配が色濃く残る二月の夜に降る雨は、凍えるほど冷たかった。

やっぱり金米糖よりもあったかいものがいい。湯気の上がるクリームシチューとか。とたんに、家族みんなで食卓を取り囲むいかにも幸せそうな家庭のテレビコマーシャルをふいに思い出してしまい、無性に虚《むな》しくなった。私には無縁の世界だ。

冷えきった指で、制服のブラウス一枚の肩を何度もさする。こんな薄着で外に出てきてしまった数時間前の自分を恨んだ。学校から帰って部屋で着替えている最中に、一階から聞こえてきた冷蔵庫のドアを勢いよく閉める音でお母さんの不機嫌を悟り、慌てて上着も持たずに飛び出してきてしまったのだ。

雨が遊具に当たって跳ねる音や、地面に吸い込まれていく音、梢《こずえ》を揺らす音があたりを包んでいる。静かな喧騒《けんそう》の中で、私の呼吸の音だけが妙に異質で耳障りだった。

いつまでここでこうしているつもりなんだろう、と他人事《ひとごと》のように考える。今は家にいたくない、と思って出てきたのはいいものの、じゃあ、いつなら心安らかに家にいられるのか、と問われたら、いつだって無理だとしか答えられない。

あの家には、私の部屋も、私が座る食卓の席もちゃんとあるのに、私の居場所はない。

雨はどんどん強くなる。濡れそぼった髪の先や服の裾《すそ》から、ぽたぽたと水滴が落ちてきた。

寒い。どうしようもなく寒い。肩を抱いてさらに身体を縮める。

せめて雨がやんでくれたら、この震えもおさまるだろうに。そんなしようもないことを考えていたとき、ふいに肩を打つ雨がやんだ。

急に雨雲が切れたのかと一瞬思ったけれど、何かに当たってぱたぱたと弾《はじ》ける雨の音で、やっぱりまだ降り続いているのだと分かった。

怪訝《けげん》に思って少し顔を上げると、泥に汚れたスニーカーが視界の端に現れて、私は驚きに目を見張った。

はやる胸の音を鼓膜の奥に聞きながら、ゆっくりと視線を上げていく。水びたしのジーンズ、白いシャツ、灰色がかった深い青色のコート。

そして、ビニール傘《がさ》。暗闇《くらやみ》の中にぼんやりと浮かび上がるように淡く光を放ちながら、私に降りかかる雨を遮る傘。

誰《だれ》かが私に傘を差しかけているのだと分かって、息が止まりそうになった。

夜空を仰ぐように目を上げる。傘の向こう、ビニールの表面を伝い流れ落ちる雨と無数の水滴で透明に歪《ゆが》んだ世界の真ん中に、男の子がいた。

「え……」

濡れたように黒い瞳《ひとみ》と、すっと通った鼻筋、形のいい薄い唇。色白の肌と、そのまま闇に溶け込んでしまいそうな漆黒の髪。この世のものではないような独特の雰囲気をまとった、まるで作りものみたいな、とても綺麗《きれい》な男の子だった。

その顔を見た瞬間、心臓がどくっと大きく跳ねた。そして、顔の右側がかっと熱を持ったようにあつくなり、ずきりと痛んだ。

私は反射的にいつものように右手で顔を覆い隠しながら、小さく口を開く。

「誰……？」

そう呟いたつもりだったけれど、からからに渇いた喉《のど》からはかすかに吐息が洩《も》れただけだった。

座り込んだまま言葉もなく見上げる私を、彼も黙ってじっと見つめ返している。奇妙な空間だった。

雨に煙る景色《けしき》の中、夢のようにぼんやりと浮かび上がっている見知らぬ人影が、言葉もなく自分を凝視している。普通なら恐怖感を抱いてもいいくらい異様な状況なのに、なぜかちっとも怖くはなかった。驚きと動揺はもちろんあるものの、自分でも不思議なくらい、恐れは感じない。

それは、降りかかる雨を遮って私を守ってくれているのに、彼自身はびしょ濡れだったからかもしれない。頭から水をかぶったみたいに、髪も顔も服も全て濡れそぼっている。自分は笑えるくらいにずぶ濡れになっているのに、それには少しもかまわない様子で、私だけに傘を差しかけてくれているのだ。

なんで。どうして。言葉にならない疑問が喉の奥にたまっていく。

そのとき彼が、ふいに口許《もと》を緩めた。

「――やっと、見つけた」

私は思わず、え、と声を上げる。

見つけた、と聞こえた気がするけれど、聞き間違いだろうか。彼がなぜそんなことを言ったのか、全く理解できなかった。

戸惑う私をよそに、彼はふわりと微笑《ほほえ》みを浮かべる。

「間に合ってよかった……」

心の底から安堵《あんど》したみたいに、彼はほっと息をついた。それから目を細めて、まるで長い長い日照りのあとに恵みの雨が降ったかのように、本当に嬉《うれ》しそうに笑った。

ふ、と自嘲《じちょう》的な笑みが唇に浮かぶのを自覚する。私は誰かに探してもらえるような、見つけて喜んでもらえるような人間じゃない。

「……人違いじゃないですか」

私は彼が差しかけてくれる傘を手で押しのけながら呟いた。

「私、あなたのこと知らないんですけど」

こう答えれば、彼はきっと勘違いに気づいて、気まずそうに立ち去っていくだろうと思っていた。それなのに、彼はなぜか確信に満ちた表情で首を横に振る。

「ううん、違うよ」

断言した彼が、左手に持った傘をもう一度私の上に戻して、まっすぐにこちらを見据えた。真っ黒な中に銀色の光が散りばめられたような、まるで星空みたいな瞳。

「人違いなんかじゃない。だって、君は――」

彼がふいに身じろぎをする。右腕が上がって、その手がこちらへ伸びてくる。

私の目は、まるでスローモーションのように彼の動きをとらえて、それと同時にどくっと音を立てて心臓が大きく跳ねた。反射的にぎゅっと目をつむり、無意識のうちに身体を丸めて両腕で頭を覆う。

次の瞬間、ここは家ではないということ、そして私を雨から守ってくれている彼がいきなり私に手を上げるはずはないだろうということに気がついて、慌てて顔を上げた。

「あ……、ごめんなさい、思わず……」

殴られるかと思って、なんて失礼なことを言えるわけがなくて、私は口ごもる。

きっと気を悪くしただろう。謝る以外にどうしていいか分からずに黙って彼を見ると、驚いたように目を見開いていた顔が、じわりと歪んだ。薄い唇がゆっくりと開く。

「……ごめん」

呻《うめ》くような、ひどく苦しそうな声だった。

「遅くなってごめん……」

どういうことだろう。なぜ彼が謝るのだろう。そう不思議に思っていると、今度は彼がゆっくりとした動きで一歩私に近づいた。それから私の肩のあたりをじっと見つめる。

「どうして、こんなに寒いのに……」

聞こえるか聞こえないかくらいの声でぽつりと呟いてから、彼は傘を地面に置き、おもむろにコートを脱ぎ始めた。

予想外の行動に呆気《あっけ》にとられていると、彼はにこりと笑って私の前にしゃがみ込み、脱いだコートをそっと私にはおらせた。

「え……？」

私はぽかんと口を開いたまま彼の顔を見上げる。

「風邪《かぜ》をひくといけないから」

彼は当然のように答えた。コートは濡れていたけれど、分厚い布が冷気を遮ってくれるからか、びっくりするほど温かくなった。

私は無意識のうちにコートの襟元《えり》を握りしめながら呆然と彼を見つめ、でもすぐに我に返った。

こんなことをしてもらう義理がない。しかも、今日初めて会った人に。

彼は私ににこりと微笑みかけ、下ろした傘をまた手に取ると、私の上に差しかけた。打ちつける雨がやみ、冬の夜気も遠ざかって、さっきまで凍えていたはずの私はいきなり、冷たい世界から救い出されたような心地よさに包まれる。

でも、傘とコートを私に差し出した彼自身を守ってくれるものは何ひとつなく、薄っぺらいシャツは雨に濡れて肌の色が透けている。これでは彼のほうが風邪をひいてしまうだろう。

私は肩に手を当て、冷えきって震えが止まらずうまく動かない指でコートを外そうと四苦八苦《しくはっく》しながら、口を開いた。

「……ありがとうございます。でも、」

いりません、返します。そう言おうと思ったのに、続く言葉を口にする前に、彼が唐突に両手を広げた。不審な動きに気を取られ、目を奪われているうちに、気がつくと私は、彼の腕にふわりと抱きしめられていた。

「……っ！」

私は全身を硬直させ、声にならない声で叫ぶ。あまりに突然のことで、二本の腕が両側から伸びてくるのがちゃんと見えていたのに、逃げることさえできなかった。

気づいたときには、私は彼を思いきり突き飛ばしていた。

体勢を崩してよろけた彼の手から、傘が落ちて転がっていく。空と私を区切っていた透明な殻がなくなったことで、雨が再び容赦なく私の全身を打ち始めた。

目を見開いてこちらを見ている彼の前髪が雨に濡れてこめかみに貼《は》りつき、その額に大きな傷痕《あと》があるのが見える。それを視界の端にとらえながら、私は立ち上がって公園の外へと駆け出した。

もしかしたら追いかけてきているかもしれない。確かめたいけれど恐ろしくて振り返ることもできず、とにかくここから離れなければと夢中で足を動かした。

息を切らしながら激しい雨の中をひたすら走り続けて、通りの向こうに家が見えてきたとき、私はやっと速度を緩めた。足を止めるのは怖かったけれど、家に近づくのも嫌で、わざと一歩一歩踏みしめるように歩く。

家には居場所がないと分かっているのに、結局家に帰るしかない。そんな自分の無力さが情けない。

未練がましくゆっくり歩いても、家まではあっという間だった。音が鳴らないように細心の注意を払いながら玄関のドアを開けて、足音を忍ばせて中に入る。真っ暗な廊下に、リビングから薄く光が洩れていた。洗い物をしているらしい音も洩れ聞こえてくる。まだ起きてるのか、と諦《あきら》めのため息が唇を湿らせた。

びしょ濡れになって重くなったローファーを脱いでいるとき、彼のコートをはおったままだったことに気がついた。

しまった、と苦々しい気持ちになる。すぐに返そうと思っていたのに、彼が突然抱きしめてきたりするから、びっくりしすぎてタイミングを逃《のが》してしまった。動揺のあまりコートを握りしめたまま逃げてきてしまった自分が悪いとはいえ、これどうすればいいの、と途方に暮れる。返そうにもどこの誰かも分からないし、また会える保証もない。

また無意識のため息をつきながら、上がり框《かまち》に腰を下ろして、玄関脇《わき》の収納から古い新聞紙を取り出した。なるべく音を立てないようにそろそろと半分に千切って丸めて、ローファーの中に詰めていく。お母さんに見つからないうちに早く部屋にこもりたいけれど、これをやっておかないと後でひどく叱《しか》られるのは目に見えていた。

かがみ込んでローファーを端に寄せたとき、肩にかけたコートの裾から水滴がぽたぽたと落ちているのが目に入った。フローリングを少し濡らしてしまったことに気づいて、慌てて脱いで膝の上に載せた。

水を吸ってずっしりと重くなったコートに目を落とし、彼は一体誰だったんだろう、と少し冷静になった頭で考える。

同じくらいの年に見えた。こんな冷たい雨の日に、こんな夜遅くに出歩いているなんて、まともな人とは思えない。自分のことは棚に上げてそんなことを思う。

そのとき、背後でリビングのドアが開く音がして、私は反射的にコートを隠すように胸に抱いた。

「……千花《ちか》、帰ってたの」

聞こえてきたのはお母さんの声だ。私はうつむいたまま小さく「うん」と答えた。

あの男の子のことを考えていたせいで、部屋に行くのが遅れてお母さんに見つかってしまった。

面倒なことになるのはわかっていたので、一刻も早くこの場を去りたくて、すぐに腰を上げる。

でも、お母さんは廊下を塞《ふさ》ぐように立ちはだかって腕組みをしていて、どうやら逃げられそうになかった。

「ずいぶん遅かったのね。全く、こんな時間までうろうろして……。近所の人に見られて、あの子は不良じゃないかって噂《うわさ》でもされたらどうするのよ。お父さんが怒るわよ」

苛立《いらだ》ちを隠さない鋭い声が突き刺さった。私は顔を伏せて胸の中のコートを握りしめ、振り絞るように「ごめんなさい」と呟く。声はみっともなくかすれていた。

うつむいた視界は無駄に伸ばした長い髪にぐるりと覆われて、薄暗く狭苦しい。爪先《つまさき》で細かく床を打つお母さんの足が、彼女の苛立ちを嫌というほど伝えてくる。

なんとかうまくこの場から逃れる方法はないか、鈍い思考を巡らせていたとき、「ちょっと、千花！」と耳をつんざくような叫び声が飛んできた。

「何してんのよ！　マットが濡れてるじゃないっ！」

慌てて床に目を落とすと、ずぶ濡れになった私が座ったせいで、玄関マットが水びたしになっていた。

「……ご、ごめんなさい」

私は顔を上げられないまま、震える声で謝った。怒り狂っているであろうお母さんの顔を直視する勇気はなかった。

「ちゃんと拭《ふ》くから……今すぐ」

とにかく洗面所に行ってタオルを取ってこよう、と一歩踏み出すと、お母さんが「ああっ!!」とこの世の終わりのような悲鳴を上げた。びくりと全身が震えて、足が止まる。

次の瞬間、ものすごい勢いで迫ってくる手のひらを視界の端でとらえた。考えるより先に身体が動いて、両手で頭を抱えて肩を縮める。

バシッと空気が破裂するような音と同時に、かばいきれなかった左の頬と耳に衝撃と熱が走った。

「そのまま歩いたら廊下まで濡れちゃうじゃないのっ！　馬鹿《ばか》なんじゃないの!?」

私はのろのろと顔を上げながら「ごめんなさい」と呟く。廊下もまとめて拭けばいいと思ったからそうしたのだけれど、そんな反論をすれば火に油を注ぐようなものだとわかっていたので、ただひたすら馬鹿のひとつ覚えみたいに謝った。

「タオル持ってくるからそこで大人《おとな》しくしてて！」

はい、と小さく答えて、真っ暗な玄関に立ちすくんでお母さんを待つ。ドア越しに外から伝わってくる冷気が、雨に濡れた肌を刺すようだった。冷えきった身体の中で、打たれた部分だけがじんじんと熱を持っている。

髪の毛の先やスカートの裾から落ちる雫が床に水たまりを作っていくのをぼんやり見つめながら、きっと私の目は今、洞窟《どうくつ》のように暗くて空っぽになっているんだろうな、と思った。

しばらくしてお母さんがぶつぶつ文句を言いながら洗面所から出てきた。バスタオルを受け取りながら、ほとんど声にならない声で「ありがとう」と言ったけれど、お母さんの耳には聞こえなかったようだった。

「まったくもう……何してたんだか知らないけど、わざわざこんな雨の日に外に出てびしょびしょになって……」

「……ごめんなさい」

「どうしていつもいつも私の仕事を増やすのよ。嫌がらせのつもり？　もう、いい加減にしてちょうだい！」

「ごめんなさい、ごめんなさい……」

条件反射のように繰り返し謝っていると、突然、玄関ドアの向こうでガチャン！　と何かが倒れるような大きな音がした。お母さんの肩が、わざとみたいに激しくびくりとする。あっ、とかすかに叫びながら彼女はばたばたと玄関に下りた。

「おっ、お帰りなさい、あなた」

お母さんが開けたドアの向こうに、真っ赤な顔をしたお父さんが現れた。身体が不自然にふらふらしている。また飲んできたんだろうな、と思った。酔っぱらっているときのお父さんは、本当にたちが悪い。

「なんでこんなところに置いてるんだ、邪魔だろうが」

案の定お父さんは、ろれつの回らない口調で文句を言い始めた。

「足が引っかかったぞ、怪我《けが》でもしたらどうしてくれる！」

足下に倒れた傘立てを睨《にら》みつけて、苛々《いらいら》したように蹴飛《けと》ばす。ごろごろと転がっていくそれを、

「すみませんでした」と言いながらお母さんが追いかけ、拾い上げて玄関先に置いた。

いつも同じところに置いてあるのに、引っかかるほうが悪い。お母さんもきっと私と同じように思っているはずだけれど、何も言わずに謝るだけ。彼女に叱られているときの私と一緒だ。見ていると気分が悪くなってきて、靴を並べるお母さんをお父さんが怒鳴りつけている隙《すき》に、私は逃げるように階段を駆け上がった。

私の部屋は二階のいちばん奥なので、お姉ちゃんの部屋の前を通らないといけない。足音を忍ばせてそろそろと廊下を歩きながら細く開いたドアに目を向けると、机に向かって勉強をしている横顔がちらりと見えた。私は思わず足を止め、中を覗《のぞ》き込む。

姉の百花《ももか》は、私のひとつ上で、お父さんの言葉を借りると『器量よし、気立てよし、成績もよし、千花とは正反対の自慢の娘』だ。私もそう思う。両親がお姉ちゃんばかり可愛《かわい》がるのも当然だった。きっと私が親でもそうするだろう。

綺麗に切り揃《そろ》えられた髪の間から覗く耳には、いつものようにイヤホンが差し込まれている。彼女は、何か音楽を聴きながらでないと集中ができないらしい。私が同じことをしていると、お母さんは『勉強に集中しなさい』とひどく怒るのに、お姉ちゃんには誕生日でもなんでもないのに何千円もするイヤホンを買ってあげていた。ひいきにも差別にも慣れているから、別にいいんだけど。

昔から利発で優秀だった彼女は今、県下いちばんの進学校に通っていた。親族一同の期待の星。四月からは三年生になり大学受験を控えているので、毎日遅くまで塾で勉強をして、帰宅してからも机の虫という生活をしている。

勉強の邪魔になってはいけないので、床板を軋《きし》ませたりしないように細心の注意を払いながら、私はずいぶん時間をかけて彼女の部屋の前を通りすぎた。

自室のドアを開け、中に入る。家の片隅に追いやられたような私の部屋は、ひどく静かだった。窓を打つ雨の音だけが空間に充満している。

濡れた制服を脱いで部屋着に着替えた。ブラウスとタオルは、あとで洗面所に持っていくため部屋の隅に寄せておく。スカートは明日も着るから、早く乾かしておかないと。そんなことをぼんやりと考えていたとき、タオルの下に紛れていた青いコートが目に入った。

「これ、どうしよう……」

返さなくてはいけないけれど、返しようがない。とりあえず、しわになってしまったらいけないので、ハンガーにかけてエアコンの風が当たる場所に干しておくことにした。

ひと通りの作業を終えて椅子《いす》に腰を下ろし、コートを見つめていると、さっきの公園での出来事が甦《よみがえ》ってきた。

とめどなく降りかかる雨から私を守ってくれた、ビニール傘とコート。そして、それを迷いなく私に差し出してくれた不思議な男の子。

突然見知らぬ男の子が目の前にやってきて、わけのわからないことを言ってきて、なぜか抱きしめられて、あのときは動揺と戸惑いで混乱してしまったけれど、今落ち着いて彼のことを考えてみると、胸の中がじわじわと温かくなっていくような気がした。

だって彼は、私に何ひとつ危害など加えず、罵《ののし》ったり蔑《さげす》んだりもしなかった。それどころか、自分が濡れてしまうことも厭《いと》わずに傘とコートを私に与えてくれて、穏やかな微笑みを浮かべて私を見つめていた。まるで何かとても大切なものでも見るような、ひどく柔らかい眼差《まなざ》しだった。

きっと人違いだけれど、それでも私は、誰かからあんなふうに気づかわれたのも、優しい瞳《め》を向けられたのも、生まれて初めてだった。たとえ誰かと間違えて与えられたものだとしても、凍えるほど冷たい雨を遮ってくれたあの優しさが、嬉しかった。

それなのに、さっきはびっくりしすぎて、あんな優しさをもらえたのにお礼を言いそびれてしまった。もしもいつかまた彼に会えたとしたら、今度こそちゃんと「ありがとうございました」と言おう。

頬が緩むのを自覚しながら、私は左側にある窓のカーテンを開け、ガラスに額をつけるように外を見る。

雨はまだ降り続いていた。窓の向こう、濡れた闇に沈む街を見つめながら、そのさらに向こうへと思いを馳《は》せる。

あの子はもう家に帰っただろうか。まだ冷たい雨の中にいたりしないだろうか。

そのとき、ふいにじわりと焦点がずれて、ガラスに映った自分の顔が私の目に飛び込んできた。

額から頬にかけての右半分を、大きな赤紫のあざに覆われた顔。

氷水を浴びせられたように一瞬にして我に返った私は、息を呑《の》んでぱっと視線を逸《そ》らした。ああ、そうだった。これが私の現実だ。そう思い知らされる。

反射的に右頬に手を当てると、指先の冷たさに背中が震えた。それでもかまわず、あざを握りつぶすようにぐっと力を込める。

こんなことをしたってどうにもならないとわかっているけれど、そうせずにはいられないのだ。目にした全ての人が気味の悪さに顔をしかめるだろうこのあざを隠すのは、物心ついたころからの癖だった。これが私の現実。

見慣れているはずの家族でさえ眉《まゆ》をひそめるこの醜い顔で、あの綺麗な男の子に優しくされたなんて喜んでいたことを、死ぬほど恥ずかしく思った。身のほど知らずもいいところだ。熱に浮かされたようにふわふわしていた気持ちは、容赦なく撃ち落とされた。

彼の顔を思い浮かべた瞬間、右の頬に痛みが走った。別に怪我をしているわけでも、古傷というわけでもなく、ただ色素が沈着しているだけのあざなのに、まるで存在を主張するかのようにずきずきと鈍く痛む。忘れるな、身のほどをわきまえろ、と誰かに叱咤《しった》されているようだった。

私は目を閉じて深く息を吐き出すと、顔を背けたまま手だけでカーテンを閉めた。

でも、いくら視線を逸らしても、この目でとらえてしまった自分の顔は、すでにしっかりと脳裏に灼《や》きついていた。大嫌いな自分の顔。思い出すだけでも気分が悪くなるとわかっているのに、痛みがくることを知りながらもやめられない自傷行為と同じように、わざわざ反芻《はんすう》してしまう。

いつもなら重たい前髪を目の下まで垂らして、長く伸ばした髪で頬も隠し、なるべくあざが目立たないようにしているのに、よりにもよって今日は、髪が雨に濡れてしまったせいで丸見えになってしまっていた。だから、久しぶりに直視してしまったあざの醜さが、思った以上に大きな打撃を私に与えたのだ。

こういうふうに図らずも自分の顔を視界に入れてしまったりしないように、いつもお風呂《ふろ》でも洗面台でも最低限の身だしなみを整えるとき以外は必ず鏡から目を背けていた。写真だってできる限り映らないようにしているし、学校の集合写真も絶対に見ない。でも、気を抜くと今みたいにガラスに映る顔を見てしまうことがあった。そのたびに自分の醜さを思い知らされて、胸がずきずきと痛む。もう何百回と見ているはずなのに、いつまで経《た》っても見慣れることはない。

首から上を取り替えてしまえたらいいのに、と本気で思う。今まで何千回も思った。そうしたら、この醜い顔も、馬鹿な頭も、陰気な性格も、きっと変えられる。

叶《かな》うはずのない願望と期待が、性懲りもなく頭をよぎる。それはただ私を打ちのめすだけだった。

無意味なことを考えるのはやめよう、とため息をついて、私はのろのろと教科書を開いた。

青いコートはもう見たくもない気分だったので、丸一日干して乾いたあとは、クローゼットの奥にしまい込んでしまった。

この雨の夜が、全ての始まりだった。少なくとも、私にとっては。

1 水たまりに映る空

——たとえ君がどんな苦しみの中にいようと、僕が必ず救い出してみせる。

昨日の夕方から降り始め、夜じゅう窓を打っていた雨は、太陽がのぼるころにはすっかりやんでいた。そこここに広がる水たまりや、街路樹の葉の上で朝日を反射している水滴が、昨夜の雨の名残《なごり》を感じさせる。

雨上がりの清らかな空気の中を、私は学校に向かって歩いていた。うつむいた世界は髪に囲まれて薄暗く、そのことに安心感を覚える。

黙々と足を動かし続けて、学校を取り囲むフェンスの横に来たとき、校門のほうから「おはようございまーす！」と明るい声が聞こえてきた。それが耳に入った瞬間、どっと身体《からだ》が重くなる。月に一度の『朝の挨拶《あいさつ》運動』が行われているのだ。

この活動は、生徒会のメンバーと各クラスの代表が集まって、登校してきた生徒に挨拶をするというものだ。学校の活性化と、生徒の風紀の乱れの予防が目的らしい。それはけっこうなことだとは思うのだけれど、何十人もの生徒や先生たちから次々と笑顔で声をかけられるのは、私のような人間にとっては苦痛以外の何ものでもなかった。

「おはようございまーす！」

「おはようございまーす！」

私とは正反対の明るくてはきはきとした快活な雰囲気の生徒たちが、いつものように一斉にこちらを向いて笑顔で声をかけてきた。しかも、今日の彼らはいつにも増して声が大きく、早朝とは思えない満面の笑みを浮かべていて、心なしか距離も近かった。三月に入ったのでこれが今年度最後の挨拶運動だろうから、気合いが入っているのだろう。

挨拶を返さないわけにはいかないし、そのときに顔をうつむけたままというわけにもいかない。それで私は毎回ひどく息苦しい気持ちになっているのだけれど、きっと彼らのような人種には、そんな気持ちは一生わからないのだろう。

あざに覆われた顔の右側にさりげなく手を当て、それでも隠しきれない部分が髪で覆われるように少しだけ左に首を傾けた。マスクをして顔を隠して生活しようかと考えたこともあったけれど、あざを気にしていると周りに悟られるのが嫌でやめた。自意識過剰だとわかっているけれど、あんな醜い顔に生まれて可哀想《かわいそう》、と思われそうで、踏み出せないのだ。こんな人間でも、憐《あわ》れまれたくないという気持ちがあるのだと思うと笑えた。

集団に突入すると、次々に挨拶の声が飛んできた。眩《まぶ》しい人たちと目が合わないように微妙に視線をずらしながら、「おはようございます」と答えていった。どうせ周りの声にかき消されるようなかすれた囁《ささや》き声だけれど、だからといって返事もせずに無視するような勇気はない。

校門周りの人だかりをやっと通り抜けて、左右から波のように絶え間なく打ち寄せてくる「おはようございます」攻撃が終わったときには、まるで一日の授業を受け終えたあとのように疲れきっていた。あざを見られないように顔を上げて人と会話をするというのは、ひどく気力のいることなのだ。誰《だれ》も私に興味なんてないし、私の顔なんて見ていないとわかっていても、やっぱり堂々と前を向いて胸を張って歩くことなんてできなかった。

靴を履き替えて、教室に入り、席に着く。教材を机の中に移したあとは、文庫本を読みながら担任が来て朝のホームルームが始まるのをひたすら待った。

うつむいている間にホームルームが終わり、授業が始まって、休み時間になり、また授業が始まる。教室移動のときも、昼食時間も、私は誰にも話しかけないし、誰からも話しかけられない。周りのみんなはグループを作って休み時間ごとに集まってはおしゃべりに興じているけれど、私はひとり、誰とも親しまず、どこにも属していない。この高校に入学してから約一年間、ずっとそうだった。二年生になっても三年生になっても、それは変わらないだろう。

この教室の中では、私は空気だった。いや、空気というのもおこがましいくらいだ。だって、空気は生き物にとって『なくてはならないもの』で、空気がないとみんな呼吸ができなくなってしまうけれど、私はみんなにとって『いてもいなくても同じもの』なのだ。存在意義も存在価値も全くない。

だから私は毎日教室の片隅でうつむいて、息を殺すように気配を消すようにして一日をやり過ごしている。誰からも話しかけられないのは当然だ。こんなふうに常に下を向いている根暗な人間に興味を持つような物好きな人がいるわけがない。

むしろ無関心でいてくれるほうが助かると思っている。中学のときはその反対で痛い目を見たからだ。それは全部お姉ちゃんのせいだ。可愛《かわい》くて成績優秀で性格も明るく活発で、推薦されて生徒会長までやっていた彼女は、校内でも知らない人はいないほどに目立つ存在だった。その妹ということで、私までどうしても注目されてしまっていたのだ。

社交性のあるお姉ちゃんは誰とでも気さくに話せてすぐに仲良くなれるけれど、私は真逆だ。それなのに同級生も上級生も、先生たちまで『あの素晴らしい生徒会長の妹はどんな人間なのか』と興味津々《きょうみしんしん》の様子で話しかけてきて、でも私はいつもうまく対応することができなかった。全く期待外れであることがわかると彼らは手のひらを返したように冷ややかな視線を送ってきた。『姉とは全然違う』、『残念な妹』。そんな陰口を叩《たた》かれているのが私にはちゃんと聞こえていた。

中学の間ずっと周りからの色々な感情を含んだ眼差《まなざ》しを受け続けて、ほとほと疲れきっていた私は、だから高校では誰からも認識されない透明人間のような存在になりたいと思っていたのだ。

そしてそれに成功した。

授業で先生から指名されたとき以外は声を出すこともない毎日に、自分でも虚《むな》しさは感じるけれど、話しかけられて何かしら答えなくてはいけないというプレッシャーがないのはとても気楽だった。私はこのまま三年間誰ともしゃべらず誰とも関わらずに過ごして卒業するのだ。それでいい。


放課後になると、すぐに荷物を持って靴箱に直行する。部活に入るとそこから人間関係ができていってしまうから、帰宅部を選んだ。そもそもこの高校を選んだのは、部活動への所属が強制ではなかったから、というのも大きい。

毎日午後四時過ぎには校門を出て帰途についているけれど、かといってそんなに早く家には帰りたくないので、いつも市立図書館に行って閉館時間ぎりぎりまで勉強や読書をしている。図書館は誰も周囲の人に興味も関心も持たずにひたすら自分の世界に没頭している感じがして、その雰囲気が心地よくて好きだった。

朝のうちは灰色の雲がところどころに残っていた空は、昼の間にすっかり晴れ渡り、街からは雨の気配も消えていた。するとたんに空気が春めかしくなってくるから不思議だ。でも、春だろうと夏だろうと、どうせ私は下を向いて歩くだけなので、世界がどんな景色《けしき》をしているかなんてどうでもよかった。

図書館に向かう途中、いつもの歩道が路面の修復工事をしていた。熱されたアスファルトの鼻にこびりつくようなにおいを嗅《か》ぎながら、迂回路《うかいろ》の案内表示に従って方向転換をする。

通り慣れない道を歩いていると、だんだんと見覚えのある景色になり、ああ、ここはあの公園につながる道だ、と気がついた。一ヶ月と少し前の雨の夜に、不思議な男の子と出会ったあの公園だ。

ほとんど無意識のうちに、私の足は公園へと向いた。あれ以来ずっと近づくのを避けていたけれど、まだ明るいせいか、ちょっと見に行ってみようか、と思いついたのだ。

少し離れたところで足を止めて視線を送ると、小さな子どもが数人、砂場や滑り台で遊んでいるのが見えた。

水はけの悪い地面には、まだあちこちに水たまりが残っていた。そこに映った薄青の空を眺めながら、あの夜、降りしきる雨の中に突然現れた彼のことを考える。

雨に煙る景色の中にぼんやりと浮かび上がる姿は、ややもすると向こう側が透けて見えてしまいそうな、今にも滲《にじ》んで消えてしまいそうな、どこか浮世離れしていて存在感の希薄な印象だった。

そして、なんだかわけのわからないことを言っていた。やっと見つけたとか、遅くなってごめんとか、人違いをしているとしか思えないこと。

変な人だったな、と思う。悪い人ではなさそうだったけれど、奇妙で不可思議《ふかしぎ》な人だった。あの人は何だったんだろう――

「こんにちは」

ふいに間近で声が聞こえて、私は驚きに身を震わせた。ぱっと声のほうを向くと、数歩離れたところに彼が立っていた。

「待ってたよ」

彼は心から嬉《うれ》しそうに、ふんわりとした笑顔を浮かべて、少し首を傾《かし》げて言った。

「え……」

私はこれ以上ないくらいに大きく目を見開き、彼を見つめる。突然の登場にびっくりしすぎて、心臓がどくどくと暴れていた。

動揺したせいか手の力が抜け、持っていた鞄《かばん》がどさりと落ちた。中のものがいくつか飛び出して地面に散らばる。

「わあ、大変だ」

彼は目を丸くして声を上げた。しゃがみ込んで私の荷物を拾い集め、中身を戻して鞄を差し出してくれる。

雨に濡れたようにつやめく真っ黒な髪、光をはらんだような白い肌、吸い込まれてしまいそうな深い黒の瞳《ひとみ》。昼間に見る彼は、不思議なことに夜に見たときよりもさらに現実味がない感じがして、そしてやっぱり、まるで物語の中の人みたいに綺麗《きれい》だった。私とは正反対に。

その美しさから目を逸《そ》らし、私はぐっと唇を噛《か》んでうつむきながら鞄を受け取る。そのあと、なんとか声を振り絞って「ありがとう」と小さく言った。

「どういたしまして」

彼はかすかに笑いを含んだような声で答えた。ちらりと目を上げると、にこにこと私を見つめている。

「……なんで……」

うまく言葉が出てこなくて、かろうじてそれだけは言えた。なんでここにいるの。そう訊《たず》ねたかった私の思いを悟ったのか、彼は微笑《ほほえ》んだまま答える。

「君にまた会いたかったから」

私は思わず、ばっと顔を上げてしまい、慌てて前髪を整えてあざの場所を覆い隠した。それから眉間《みけん》にしわを思いきり寄せて彼を見上げる。

「なに、言って……」

「ここで待ってれば、きっとまた会えると思って」

「……」

「ここにいれば、きっといつかまた君が来てくれるだろうと思ったから、毎日待ってたんだ」

ごく、と唾《つば》を飲む音が、自分の喉《のど》から聞こえてきた。

人違いじゃなかったの？　じゃあ、あのとき『やっと見つけた』と言ったのは、本当に私に向けて言ってたの？　初めて会ったのに、どうして？　渦《うず》巻く疑問の中で、胸が嫌な感じで動悸《どうき》を打ち始める。

私たちが夜の公園で出会った日から、もう一ヶ月は経《た》っている。その間毎日ここで私を待っていたなんて、いくらなんでもおかしい。

「……毎日？　私を、待ってたの？　あれからずっと……？」

もしかして私の聞き間違いではないかと、確かめるように問いかけると、彼は当たり前のように笑って頷《うなず》いた。

「そうだよ。やっと来てくれて、やっとまた会えて、本当に嬉しい」

私の抱えている戸惑いと混乱が、少しも相手に伝わっている気がしない。完全に彼のペースに巻き込まれている居心地の悪さに、私は無意識に手を握ったり開いたりした。

「……あなた、なんなんですか」

「やっと君を見つけ出したから、もう見失うわけにはいかない」

私の問いに答えているようで答えていない、噛み合わない言葉。それを彼がやっぱり微笑みながら当然のように吐き出すのを見ていると、背中を氷で撫《な》でられたような感覚に陥った。あの雨の夜には感じなかった恐怖が、じわじわと込み上げてくる。

私は「だから」と震える声を絞り出し、眉根《まゆね》を寄せて彼を見た。

「人違いだって言ったじゃないですか……。誰かと勘違いしてるんじゃないですか？　私はあなたのことなんて知らない」

なんとか状況を変えたくて、できる限りの厳しい口調で告げた。これできっと考えを改めて引き下がってくれるだろうと思ったのに、彼の表情はそれでも変わらなかった。

「君は知らなくても、僕は知ってるよ」

なんだか、まるで押しても叩いても殴ってもびくともしない巨大な高い壁の前に立って途方に暮れている旅人のような気分になってきた。

「意味わかんない……」

私は力なく呟《つぶや》いて項垂《うなだ》れる。すると「いいよ」と柔らかい声が降ってきた。ちらりと見上げると、彼の微笑みに包まれた。

「君はわからなくたっていい。僕はわかってるから、僕が知ってるから、いいんだ。君はそれでいいんだよ」

許しなんか求めていないのに許されて、どう反応すればいいのかわからない。本当になんなんだろう、この人は。

「……私、もう行きます」

彼を説得するのは諦《あきら》めて、私は軽い会釈と同時に踵《きびす》を返した。これ以上付き合いきれない、と思ったのだ。

止められるか追いかけられるかするかもしれないと危ぶんでいたけれど、彼は「気をつけて」と手を振っただけだった。警戒している私のほうが馬鹿《ばか》みたいに思えるくらい、こちらの気が抜けてしまうような笑顔で。

それを横目に見ながら立ち去ろうとしたとき、ふと、彼の服装に目がいった。あのときと同じように、白いシャツとジーンズだけの姿。まだ三月の上旬で、上着を手離せない寒さなのに。

すっかり記憶の底に封じ込んでいた、クローゼットの奥にある青いコートの残像が頭をよぎった。そうだ、もし次に会うことがあったら、返さなくてはいけないと思っていたのだ。私は足を止めて振り向いた。

「あの、コート……あなたが貸してくれたやつ、今から取ってくるので、ちょっと待っててくれますか」

早口で言ってから、しまった、と口をつぐむ。まずはお礼を言うべきだった。

人と話すことに慣れていないので、うまく言葉が出てこない自分が情けない。落ち着け私、と自分に言い聞かせながら深呼吸をする。

「……ええと、あのときは、コート貸してくれて、ありがとうございました。……あの、すごく寒くて困ってたので、助かりました……」

必死に考えを巡らせ、我ながらたどたどしい口調で感謝の言葉を告げると、彼はにこりと笑った。

「どういたしまして。でも、返さなくてもいいよ」

予想もしなかった答えに、私は思わず「え?」と眉をひそめる。

「でも……」

「あれは君にあげる」

私の言葉を遮るように彼が言った。

「え……なんで?」

戸惑いを隠さない私に、彼は少し考えるようなしぐさをしてから、小さく口を開いた。

「記念……」

ぽつりと、ひとりごとのような返事。

記念？　なんの？　問い返そうかどうか一瞬逡巡《しゅんじゅん》している間に、彼が「記念に」と繰り返した。

「記念にとっておいてもらえたら、嬉しい」

やっぱりわけがわからない。彼と出会ってから、私の頭の中はもうずっと疑問符でいっぱいだった。

そんなことをして彼になんの得があるのかわからないけれど、もしかして、私を騙《だま》そうとしているんじゃないだろうか。そんな突拍子もない考えが頭をよぎる。

私の困惑と疑念を察したのか、彼はまた笑みを浮かべて言った。

「いらない？　困る？」

その通り、と内心で大きく頷く。でも、もちろん口に出せるわけがない。

「いや、いらないっていうか……もらってもどうすればいいかわからないというか」

「持っててくれるだけでいいんだ。押し入れの奥にほったらかしにしてたっていいし、存在を忘れてしまってもいい。ただ、君に持っていてもらえたら、僕が嬉しいんだ」

私はもうお手上げ状態で、何も言えずに黙って鞄のひもを握りしめた。

「僕は君に何かあげたいんだ。君がいらないって言っても、何かあげたい」

押しつけがましい。そんな言葉が喉元まで上がってきていた。唾と一緒になんとか飲み込む。

いらないのにあげたい、なんて意味がわからない。

「もらえないですよ……知らない人から何かもらうなんて……」

すると彼はどこか悲しそうな、寂しそうな笑みを浮かべた。それから少しうつむいて動かなくなったあと、ふいに顔をあげて、「じゃあ」と口を開く。

「もらうのが嫌なら、交換にしよう」

さも『いいこと思いついた！』と言いたげな笑顔に、私は思いきり顔をしかめて身を引いてしまった。どうしてこんなに突拍子もない言動ばかりするのか。

「交換って……私は、あなたにあげられるものなんて何も持ってないんですけど」

「ものなんていらないよ。ただ、教えてくれるだけでいいんだ」

彼はにこにこと小首を傾げる。

「教える？　何を……」

「君の名前を」

「名前？」

まず思ったのは、『嫌だな』だった。理解できない行動ばかりして、わけのわからないことばかり言う変な人に自分の個人情報を明かすなんて、危険な香りしかしない。

次に思ったのは、『えっ、私の名前知らないの？』だった。その疑問を素直に口に出すと、

「知らないよ。だって、君とは、この前初めて会ったばっかりでしょう」

彼は『びっくり』と書いてありそうなきょとんとした顔で答えた。私は言葉を失い、目の前の少年を凝視する。たぶん私たちは今、まるっきり同じ表情で向き合っているのだろう。

私のことを『やっと見つけた』と言い、一ヶ月も待ち伏せし続けたくせに、名前も知らなかっ

た？　ということはやっぱり私とは知り合いじゃない？　じゃあ、なんで私を探してたの？　たくさんの疑問が心の中で渦巻いている。

でも、考えているうちになんだかおかしくなってきて、唇が歪《ゆが》むのを自覚した。

「わけわかんないよ。なんで名前も知らない初対面の人を、いつ来るかもわかんないのに待ち続けてたの？」

私は口許《もと》を押さえて必死に笑い声をこらえながら、なんとか言った。

「うーん、それは答えづらい質問なんだけど……ずっとそうだったから、かな」

答えているようで、まったく答えになっていない。

限界だった。私はとうとう噴き出した。

「ちょっと、もう、だめ……我慢できない。ふふっ、意味不明……」

こんな感覚は久しぶりだった。笑いをこらえきれず噴き出すなんて、声を上げて笑うなんて、いつぶりだろう。覚えていない。もしかしたら生まれて初めてかもしれない。

そんなことを考えながら、まだくすくすと笑みを洩《も》らしていると、ふいに「君は」と聞こえてきたので、私は笑いながらそっと顔を上げた。とたんに、柔らかい微笑みを向けられていることを知る。

「君は……笑うとそんな顔になるんだね」

えっ、と思わず声が洩れた。彼は穏やかな表情のまま続ける。

「すごくいいと思う。……うん、すごく、いい」

その言葉の意味を理解した瞬間、かっと頬《ほお》が熱くなるのを感じた。胸の奥で心臓が暴れ出す。恐怖でもない、羞恥《しゅうち》だけでもない、身体がふわふわと浮かび上がりそうな動悸。これもたぶん生まれて初めての感覚。

どうすればいいかわからなくなって、私は反射的に口を開いて「藤野《ふじの》」と言った。それからひとつ深呼吸をして、今度はゆっくりと告げる。

「藤野千花《ちか》です。私の名前」

彼がゆっくりと瞬きをして、「チカ……」とどこかぎこちない感じで呼ぶ。

「どういう字を書くの？」

「千の花って書いて、千花」

私の答えに彼はふわりと笑い、今度は「千花」と流れるように言った。それから、響きを確かめるように、噛みしめるように、「千花、千花……」と繰り返す。

「可愛いね」

さらりと言われて、あくまでも名前に向けられた言葉だとわかっているのに、妙に気恥ずかしくなって私はうつむいた。顔が赤くなっていないだろうか、と不安に思いながら、「ありがとう」と小さく呟く。

可愛いなんて言われたのは、たとえ名前に対してでも、正真正銘《しょうしんしょうめい》、生まれて初めてだった。彼は私に初めての気持ちばかりくれる。

「……あなたの名前は？」

照れ隠しに訊ねかえすと、彼がにこりと笑った。

「僕は留生《るい》」

「ルイ？」

「生を留《とど》める、で留生」

やけにどきどきする胸を押さえながら、らしくもなくこんな言葉を告げてもいいものかと迷いつつも、口を開いた。

「素敵な名前だね」

彼は一瞬目を見開いてから、「どうも」と笑った。初めて会ったときのような、心から嬉しそうな笑顔だった。

私はこんな優しい表情を向けてもらえるような人間ではないとわかっているのに、心がぽかぽかとしてくるような喜びに包まれている自分がいるのを自覚せずにはいられなかった。

でも、うつむいた視界に、足下の水たまりに映る自分の顔を——醜いあざのある顔を見つけてしまい、浮わついた気持ちがすうっと凪《な》いでいくのを感じた。

「……じゃあ、このへんで」

この流れでいきなり話を切り上げるなんて不自然に思われるだろうとわかっていたけれど、他《ほか》にうまい言葉が思いつかなかった。

嫌な気持ちにさせてしまったんじゃないかと不安になって、ちらりと彼の顔を窺《うかが》うと、屈託のない笑顔が返ってきた。

「うん。引き止めちゃってごめんね」

呆気《あっけ》なく受け入れられて、ほっとしたような、でも少し拍子抜けしてしまうような、身勝手な心情に陥る。ふっと息を吐いて、「じゃあ」ともう一度言って立ち去ろうとしたとき、大事なことを思い出した。

「あ、コート……」

ひとりごとのように呟いて顔を上げると、彼は何も言わずににっこり笑いながら大きく頷いた。

「……は、とりあえず、預かっとく、ってことにしときます」

正直なところ、人のものを自分の部屋に置いておくというのは気が重かったけれど、彼の顔を見ると無下に断ることもできなくて、仕方なくそう答えた。

「うん、よろしくね」

彼は小さく笑い声を洩らし、それからふっと真顔になって、かすかに唇を動かした。「ごめんね、ありがとう」と言ったように見えたけれど、確証はない。

私は黙って会釈だけ返し、また笑顔に戻って「さよなら、気をつけて」と手を振る彼を横目に、公園をあとにした。入り口の車止めの間を抜けたあと、一度だけ振り向いてみると、彼はまだ柔らかい笑みを浮かべて私を見ていた。胸が軋《きし》むような感覚に気づかないふりをして、私はすぐに前に向き直った。

彼と別れたあとはいつものように図書館に行ったけれど、どこか浮き足立ったような気持ちのままで読書にも勉強にもまったく集中できなかったので、いつもより早めに切り上げて帰途についた。

帰る道すがらも頭では彼のことばかり考えていて、なんだか夢の中を歩いているように足下がふわふわしていた。

でも、家に着いて玄関のドアを開けた瞬間、夢見心地から一気に現実に引き戻された。

「おいっ、飯はまだか！」

お父さんの怒鳴り声。すみません、と謝るお母さんの声。とたんに冷静になった頭の片隅で、小さな私が『またか』とため息をつく。リビングのソファにだらしなく座ってお酒を飲むお父さんと、びくびくしながらキッチンに立つお母さんの姿が目に浮かんだ。

今日はお父さんの帰りが早い日だった。月に一度のノー残業デーというやつらしい。そんなのいらないのに、と心底思う。他の人たちは趣味や家族サービスで充実した時間を過ごすのかもしれないけれど、うちのお父さんはどうせ無駄に早い時間から晩酌をして酔っ払うだけなんだから、会社で働いてくれたほうがずっとましだ。

しかも最近仕事が忙しいらしく、家にいても苛々《いらいら》している状態がずっと続いていて、今まで以上に深酒をして、酒癖も悪化していた。それに比例してお母さんも私に対して不機嫌になる、というひどい悪循環だった。

「早く用意しろ！　一家の大黒柱をいつまで空腹のまま待たせる気だ」

「すみません、今日はパートの日だったので帰りが遅くて……」

お父さんの不機嫌な声に対して、お母さんは消え入りそうな声でぼそぼそと答える。

「言い訳するな！　たった数時間、遊び程度の仕事をしているだけなのに、なんで俺《おれ》が帰るまでに飯の用意ができないんだ？　まさか、ただのパートのくせに、一丁前に疲れたつもりになってるんじゃないだろうな？」

「そういうつもりじゃ……」

「はっ、どうだか」

嫌みたらしい笑い声と、どんっとテーブルに何かを打ちつけるような音がした。たぶんお父さんが灰皿を乱暴に置いたのだろう。お酒が入ると、お父さんは全《すべ》ての仕草がひどく粗っぽく乱暴になるのだ。

これ以上は我慢できない、もう聞きたくない、さっさと二階に上がろう。ちょうどそう思ったとき、背後でドアの開く音がした。見ると、赤ら顔のお父さんがリビングから出てくるところだった。どうやらトイレに向かうらしい。しまった、と内心で青ざめる。あと数秒早く階段をのぼっていたら、鉢合わせしなくて済んだのに。

「千花、今帰ったのか」

やっぱり気づかれてしまった。私は玄関にかがみ込んだまま、「ちょっと前に……」と答える。するとお父さんがこれ見よがしに大きなため息を吐き出した。それから力任せにドアが閉められる音。ああ、スイッチが入ってしまった、とわかる。

「いつもいつもずいぶん遅い時間に帰ってくるみたいだな。別にどこで何をしてようがお前の勝手だが、世間様に見られて変な噂《うわさ》でも立てられたら白い目で見られるのは俺たちなんだぞ、わかってるのか？」

もうひとりの私が心の中で目をつむり、耳を塞《ふさ》ぎ、身体を丸める。そうすれば心は呼吸を止め、浴びせられる言葉は染み込むことなく、つるんと流れ落ちていくのだ。そうすればしだいに何も感じなくなる。そうやっていつもやり過ごしてきた。

「お前はなんでそうだめなやつなんだ。本当に百花《ももか》の妹なのか？　あいつは帰ってからずっと部屋で勉強してるんだぞ。この前の試験でも、あの難関進学校で学年十位以内だ。本当にどこに出しても恥ずかしくない娘だよ。外で遊び呆《ほう》けて恥ずかしい成績ばかり取ってくるお前とは雲泥の差だ。少しは百花を見習え。まあ、無理だと思うが」

わかってるなら言わないでよ、と思ったけれど、そんなことを言ったら何か物を投げつけられるに決まっている。だからいつものように、「はい、すみません、わかってます、ごめんなさい」を繰り返していると、お父さんが舌打ちをして壁を足蹴《あしげ》にした。がんっ、と大きな音がして、心の中の私は耳を塞ぐ手に力を込める。

「まったく、ぶつぶつぶつぶつ……聞いてるこっちが不快になる。本当に根暗なやつだな。姉妹のくせに性格まで百花と正反対だな」

反射的に「ごめんなさい」と言おうとしたとき、すぐ後ろでぎしっと床板が鳴った。びくりと肩を震わせて振り向くと、お父さんがにやにやしながら覗《のぞ》き込んできた。

「それに、顔もな」

薄い笑いを浮かべた目が、私のあざを上から下まで舐《な》め回すように見ている。

「百花はあんなに可愛い顔してるのに、お前はそれだもんなあ。いちおう女の子なのに、可哀想になあ」

少しも同情なんてしていないことを、まったく隠しきれていない口調だった。私はゆっくりと瞬きをして、なるべく音を立てないように静かに呼吸する。

お父さんはまた舌打ちをして、「お前を見てると苛々する」と吐き捨てた。

「もういい、行け。その陰気な顔を俺に見せるな、気分が悪くなる」

迷惑そうに言ったお父さんは、野良犬を追い払うようなしぐさで私の顔の前でひらひら手を振ると、どすどすと足音を立てながらトイレに入っていった。

私は細く息を吐いて腰を上げる。脱いだローファーを揃《そろ》えて、階段へと目を向けた。

奥の部屋へと続く廊下は、照明がついているのに、なぜかひどく暗く見える。この家はいつも、どこもかしこも薄暗かった。

ふと靴箱の姿見に映る自分が目に入る。いつもならすぐに目を逸らすけれど、気がつくとぼんやりと鏡の向こうの顔を見つめていた。自分の身のほどを噛みしめるように。

彼との再会で空に浮かび上がる羽根のようにふわふわしていた気持ちは、帰宅した瞬間に完全に地に落ちていた。そして今、自分の姿を直視することで、そのままずぶずぶと泥の中に沈んでいく。

私はこういう人間だ。このまま息をひそめて、なるべく周りの気分を害さないように、家でも学校でも気配を消して生きていくのだ。

映画のような出会いなんて、私にあるわけがない。不思議な魅力のある男の子に突然声をかけられて優しい言葉や笑顔を向けられたからって、私には喜ぶ資格なんかない。暗幕の中でうずくまるような人生に変化が訪れるかもしれない、そんな高望みなんてしてはいけないのだ。

醜い顔を睨《にら》みつけながら、私は自分に言い聞かせ続けた。

2 桜吹雪の舞う中で

――君はあの日、全《すべ》てをかけて僕を救ってくれた。

四月になった。先週の入学式のころにちょうど満開を迎え、新入生を祝うように通学路を彩っていた桜の花は、今はすでに散り始めていた。毎年のことだけれど、呆気《あっけ》ないなあ、と思う。
うつむきながら歩く私には頭上に咲き誇る桜は見えないけれど、地面に散らばった花びらが何百人もの生徒たちの靴に踏みにじられ、濡《ぬ》れた紙屑《くず》のようにアスファルトにこびりついている姿に妙に生々しく見えた。

花の残骸《ざんがい》の中、自分のローファーが右、左、右、と交互に視界に入ってくるのを見つめながら無心に足を動かし続けていたら、いつの間にか学校に着いていた。

いつものように誰《だれ》とも目を合わさず、もちろん言葉を交わすこともなく、校門から靴箱、渡り廊下、教室へと足を進める。ぼんやりしていたせいか、思わず一年生の教室に向かおうとしていて、途中で慌てて方向転換をした。階段をのぼり、二年生の教室が並ぶ二階へ上がる。

学年が上がり、クラス替えが行われたけれど、私は特に高揚したり不安になったりすることもなかった。初めて入る教室も、見慣れない顔ぶれのクラスメイトも、新しい担任も、私にとってはどうでもいいことだ。どうせ誰とも話さないし、一日中うつむいてやり過ごすだけなんだから、関係がない。

自分の席に腰を下ろし、教材を整理して、文庫本を広げる。他《ほか》の生徒たちはまだ新年度の興奮が覚めやらない様子で、普段よりずっと大きい声と身ぶりで周囲と話していた。相変わらず私だけが異次元にいるようだ。

近くの席には、一年のころから目立っていたグループのリーダー格がいて、数人を集めて週末の遊びの予定を立てていた。あまりにも声が大きいのでまったく本に集中できず、私は窓の外に目をやる。窓際の席でよかった。教室の真ん中の席になろうものなら、誰とも目を合わさずに視線を逸《そ》らすことさえ難しい。

窓の向こうにはグラウンドがあり、その向こうには通学路に沿って植えられた桜並木が見える。近くで見るとほとんど色味のない白い花びらが、離れてみると淡いピンク色に見えるのが、いつものことながら不思議だった。

ふいにひときわ強い風が吹き、あおられた花びらがいっせいに空へと舞い上がった。花吹雪《ふぶき》の行く先を何気なく追っていた視線が、街並みの向こうの緑へと吸い寄せられる。どこまでも続く家々の屋根の果てに、ここからでは終わりの見えないほど深い森があるのだ。

濃い緑がこんもりと繁るそこは、このあたりでは『湖の森』と呼ばれていた。森の奥に湖があるからだ。地図などに載る正式名称がもちろんあるけれど、実際に使われているのは聞いたことがない。

その湖は、水底が青く透けて見えるほど透明度が高く、風のない日には、凪《な》いだ湖面が鏡のようになって周囲の景色《けしき》を映すらしい。それでとても綺麗《きれい》な湖として有名で、このあたりの地名にことごとく『湖』という文字が入るほど、付近の人々にとってはなくてはならないものだった。全国的にも名前を知られているらしく、休みの日には他県からも観光や写真撮影に来る人がたくさんいる。

でも、噂《うわさ》に聞くだけでこの目で見たことはなかった。どんなに有名な観光名所でも、生まれ育った地の近くにあると、いつでも行けると思うせいか、意外とわざわざ足を伸ばすこともないものだ。それにうちは休日に家族揃《そろ》って綺麗な景色を見に行くようなほのぼのした家ではない。ひとりで出かけてまで見に行きたいと思うほどの興味もない。だからきっと私はこのまま一生、森の湖を見ることはないだろう。

春らしく鮮やかな緑をたたえた森を眺めながら、見たこともない湖に思いを馳《は》せていたら、なぜかふと、彼の面影が頭によぎった。あの綺麗で不思議な男の子。

彼との出会いは、私の平坦《へいたん》で変化のない日々に前触れもなく訪れた非日常だった。凪いだ水面にひとつぶの雫《しずく》が落ちて波紋が生まれたような、真っ黒な絵の具で塗りつぶされた中にぽつんと白い絵の具が滲《にじ》み出てきたような、唐突な異変だった。

でも、彼に会うことはもう二度とないだろう。あの日以来ずっと公園には近寄らないようにしているからだ。今はまた、何事もなかったかのように淡々とした日常に戻っていた。

昨日と違うことは決して起こらず、明日になっても今日と違うことは起こらないと確信できる。水面は永遠に静かなままで、キャンバスはずっと黒塗りのまま。

そうだ、これが私の日常だ。コピーアンドペーストの毎日、人から見れば退屈でつまらないのだろうけれど、だからこそ心動かされることのない安らかな毎日。

これでいい、これがいい。学校では誰にも気づかれないように気配を消し、家に帰ったら親の機嫌を損ねないように息を殺し、ただ何も考えずに同じことを繰り返していればいい。こんなに楽なことはない。

せっかく手に入れたこの悟りの境地を、突然現れた不思議な男の子に崩《くず》されてしまったような気がしていたけれど、やっとのことで平穏を取り戻すことができたのだ。

そのときチャイムが鳴り響き、物思いにふけっていた私は、はっと我に返った。担任が「朝礼始めるぞ」と言いながら教室に入ってくる。

私は文庫本を閉じて机の中にしまい、顔はうつむけたまま身体《からだ》だけ前に向き直る。クラス委員の号令に合わせて挨拶《あいさつ》をしたあと、連絡事項の伝達が始まるのを待っていると、なぜか先生が廊下へと出ていった。クラス全員がきょとんとした表情で先生の消えたドアの先を見つめているのがわかる。私もいつもと違う行動が気にはなったけれど、顔を上げているとあざが目立ってしまうので、いつものように斜め下に視線を向けた。

すぐに戻ってきた先生は、また教卓の前に立って口を開いた。

「事情があって新学期に一週間遅れたが、今日からクラスメイトになる染川留生《そめかわるい》だ」

唐突に告げられた聞き覚えのある名前に、私は思わず勢いよく顔を上げる。そして次の瞬間には、黒板の前で微笑《ほほえ》みを浮かべている男子生徒の姿に気づいて、らしくもなく「えっ」と声を上げてしまった。

「染川留生です。よろしくお願いします」

丁寧に頭を下げて自己紹介をしたのは、紛れもなく彼だった。そして、にこにこしながら顔を上げたその目は、確かに私をとらえた。

「二年生からこの学校に転入してきたから、教材とか移動教室とか、わからないことは近くのやつが教えてやってくれ」

開いた口が塞《ふさ》がらない、という現象を、私は生まれて初めて体験した。

「こんにちは」

担任が教室を出ていったと同時に、よりにもよって私の隣の席に座ることになった彼がにこやかに声をかけてきた。

まだ状況を理解できずに混乱していたものの、無視するわけにもいかなくて、私は少しだけ振り向いて答える。

「……こんにちは」

今まで学校ではほとんど口を開かない生活をしていたので、教室で声を出している自分に大きな違和感を覚えた。

彼はそんな私の居心地の悪さなど気づくふうもなく満面の笑みで頷《うなず》き、それから「よかった」と安堵《あんど》の声を上げた。何に対する安堵だろう、と不思議に思っていると、彼はにこにこしながら続けた。

「やっぱりこの高校だったんだね、よかったあ。しかも同じクラスになれるなんて、運がいいな」

私は驚きに目を見張った。『やっぱりこの高校』ということは、私が東高《ひがしこう》に通っていることを知っていたのだろうか。確かに二度目に彼と会ったときは私はブレザーを着ていたから、制服がわかれば学校名も簡単にわかっただろう。まさかとは思うけれど、私がいるからここに転校してきたのだろうか。

頭の中を駆け巡る憶測に気を取られていると、彼がくすりと笑って顔を覗《のぞ》き込んできた。

「ストーカー、とか思ってる?」

言葉の重みとは対照的に、羽根のように軽い口調だった。

「……ちょっと、思ってる」

その軽さにつられて思わず正直に答えると、彼はおかしそうに笑った。声を上げて笑うのは初めて見る。夜空みたいに真っ黒な瞳《ひとみ》には、今日も星がきらりと瞬いていた。

その顔を見ていると、ついさっきまでの自分の思考が馬鹿《ばか》らしくなってきた。なんて自意識過剰だったんだろうと呆《あき》れ返る。

私なんかに会うためにわざわざ転校してきたなんて、どの面さげて思えるんだろうか。きっと、もともとうちの高校に来ることになっていて、私が東高のブレザーを着ているのを見て『同じ高校かも』と考えていたのだ。そして私がここにいたので『やっぱりそうだった』と思ったのだ。もしかしたら、最初に出会ったときの言葉も、『やっと同じ高校に通う人を見つけた』という意味だったのかもしれない。それなら全てに納得がいく。きっとそうだったんだ。

動揺が少しずつ落ち着いてくる。それで気持ちの余裕が出てきたからか、急に周りへと意識が向いた。一時間目の準備をしているクラスメイトたちから、ちらちらと送られてくる視線。みんなに見られている、と初めて認識した。四方八方《しほうはっぽう》から細い針に突き刺されているように、ぞっと背筋が寒くなった。

私はすぐに前に向き直った。もうこれ以上話しかけないで。無言のメッセージを隣に送りながらうつむく。

すると、彼の前の席の吉野《よしの》くんという男子が後ろを向いて、ひそひそと囁《ささや》きかけはじめた。

「あのさ、染川、転入早々ごめん。藤野《ふじの》さん……あ、染川の隣の席の女子な、そういうのだめだから、話しかけても無駄だよ」

声を押し殺してはいたけれど、こういうときばかり敏感になる私の耳は、彼の言葉をはっきりと聞き取った。

別に傷ついたりはしない。このクラスでもそういう陰口を叩かれているだろうということは予想していたし、そもそも私が自分で作り上げた印象だ。入学以来一年以上、誰ともまともに会話せず、自分から関わりを絶っていたのだから、そういうふうに言われて当たり前だ。むしろ吉野くんは彼に気を遣ってそう言ったのだとわかる。

でも、自分が悪いとわかっているのに、周りが私のことをそう評価しているのだと、思いもよらない形ではっきりと突きつけられて、自分でも意外なくらいショックを受けていた。

私はうつむいて唇を噛《か》み、机の下で手を握りしめながら、気持ちが凪ぐのをひたすら待った。

でも次の瞬間、ふふ、と小さく笑う声が聞こえて、私の耳は彼のほうを向いた。

「僕には無駄なんかじゃないよ」

たった一言だった。それなのに、ほんの短い言葉だけで、私の心はおかしなくらいに浮上した。

無意識に隣へ目を向けようとしたそのとき、授業の開始を告げるチャイムが鳴り、私は慌てて前を向いた。

「ねえねえ染川くん！　どこの学校から転校してきたの？」

休み時間が始まると同時に、人見知りをしないタイプのクラスメイトたちが彼のもとにぞろぞろと集まってきた。

いつも誰の視界にも入らないようにひっそりと生きている私にとっては、真横に十人以上も人がいるという状況は、どうせ誰も私なんか見ていないとわかっていても、ひどく落ち着かなかった。トイレに行くふりでもして二時間目が始まるまでこの場を離れようかとも思ったけれど、動くことで逆に目立ってしまうような気がして、やっぱりいつものように本を読みながらうつむいていることしかできない。

さっそく質問攻めにあっている彼は、それでも嫌がるそぶりも見せず丁寧にひとつずつ受け答えをしていく。

「前に通ってたのは北高《きたこう》だよ」

その答えにどきりとする。お姉ちゃんが通っている高校だ。入試の偏差値は七十を超えていて、毎年何十人も東大《とうだい》合格者が出るような県下一の難関校。ちなみに私の通っているここ東高では、『数年前にひとり奇跡的に超優秀な生徒がいて東大に行った』と進路の先生が自慢げに語るくらいのレベルだ。差は歴然としていた。

「えーっ、ほんとに⁉　北高⁉」

「すげー、超進学校じゃん！」

彼の周りでも一斉に驚きの声が上がった。彼らがさらに『謎《なぞ》の転校生』に興味を引かれたのがわかる。

「でも、北高って確か湖の森の反対側にあるよね。確かにちょっと遠いけど、通えない距離じゃなくない？」

「てことは、県外から引っ越してきたとかじゃないんだね」

「せっかく北高に通ってたのに、転校とかもったいないよな。うちなんて二流進学校なのに。なんでここに来たん？」

それは私も疑問に思ったことだった。

北高は文句のつけようがないほどの有名校だ。先月の法事で久しぶりに親戚《しんせき》が集まったときも、お父さんは自慢げに『上の百花《ももか》は北高に通っている』と紹介していて、それを聞いたおじさんおばさんたちも『すごい、すばらしい』と褒めていた。そのあとに『下の千花《ちか》は出来がよくないので東高』と言ったときの微妙な反応とは真逆だった。

それほどまでに格が違うのに、わざわざ北高から東高に転入してくる意味がわからない。メリットなんてひとつもないと思う。

彼がどう答えるのか気になって、私は文庫本から少し顔を上げて隣の様子を窺《うかが》った。彼はいつもの穏やかな微笑みを浮かべていた。

「僕のやりたいことはここでしかできないと思ったから。だから三月に転入試験を受けたんだ」

きっぱりとした答えに周りが首を傾《かし》げる。

「やりたいことって、部活？　なんか入りたい部があるの？」

彼は「ううん、部活は入らない」と首を横に振った。

「えー、じゃあ何、勉強？　指導受けたい先生がいるとか？」

「違うよ。僕、そんなに勉強熱心じゃないから」

「じゃあ、なんのためなの？」

「うーん……内緒」

くすくすと笑って答えた彼に毒気を抜かれたように、彼女たちは質問を変えた。

「じゃあさ、趣味は何？」

「趣味？　特にないなあ」

「そっか。じゃ、好きな歌手は？」

「ごめん、音楽は聴かないからよくわからないんだ」

「じゃあ、好きなテレビ番組は？」

「テレビも観《み》ないから……」

「……好きな食べ物は？」

「うーん……動くエネルギーになるならなんでも……」

どんな問いかけにも笑顔で応じるけれど、その答えがどうも普通とは違う。みんなもそのことに気がつき始めたようで、突然の転入生に浮かれていた雰囲気がだんだん冷えていくのが伝わってきた。

「えーと、いつも何して遊んでるの？」

ひとりが小さく訊《たず》ねると、彼は案の定、「特に何も」と答えた。

「そう……。じゃあ、休みの日とか何してるの？」

すると彼は少し首を傾げて、ぽつりと言った。

「探しもの……」

またもや意味不明な答えに、周りの空気が固まるのがわかる。これ以上は質問しても無駄だと思ったのか、彼を取り囲んでいた人垣が少しずつ崩れていった。

その中で最後まで残っていた吉野くんが、ぱっと笑顔になって彼の肩を叩《たた》く。

「なあ、せっかく同じクラスになったんだし、アドレス交換しようぜ！」

たぶん気を遣ってくれたのだろう申し出を、彼はさらりと断った。

「ごめん、僕、携帯持ってないんだ」

「……あー、そっか。じゃ、しょうがないな」

吉野くんは貼《は》りつけたような笑顔のまま、「俺《おれ》トイレ行くから」と手を振って離れていった。

彼の周りには誰もいなくなった。さっきまではみんなに囲まれてにぎやかだったのに、打って変わってしいんとしている。傷ついているんじゃないかと心配になってちらりと見てみると、彼は意外にも私のほうを見てにこにこと笑っていた。またみんなの前で話しかけられたらたまったもんじゃない、と私は慌てて前に向き直った。

「はあ……疲れた……」

帰り道を歩きながら、らしくもなくひとりごとを洩《も》らしてしまった。いつもならそんな悪目立ちしてしまいそうなことは絶対にしないのに。でも、それくらい疲れていたのだ。

原因はもちろん彼だ。隣の席なのをいいことに、休み時間のたびに何かと声をかけてくるのだ。話しかけられて無視をするわけにもいかず、いちいち答えてはいたものの、今までずっと誰とも話さずにいたのに急に人前で普通に会話をするのは、とにかく恥ずかしくて居たたまれなかった。物珍しげにちらちらと視線を送ってくるクラスメイトの目が気になって気になって、彼と話しながらも意識は周囲に向いてしまい、ひどく気疲れしてしまった。

帰りのホームルームが終わったときも、彼はすぐに私のほうを向いて話しかけるようなそぶりを見せた。なんとかしてやり過ごせないかと考えを巡らせていると、彼のもとに突然、他クラスの女子たちがやってきた。人当たりはいいけれどちょっと風変わりな転校生の噂は、一日で学年中に回ったようで、話を聞きつけて押しかけてきたらしいのだ。

遠慮なく距離を詰める積極的な彼女たちに囲まれた彼が動けなくなっている隙《すき》に、私は逃げるように教室を出てきたのだった。

「明日から、どうしよう……」

これから毎日、彼が隣の席にいて、ことあるごとに接触してくるのだろうか。別に彼と話したくないわけではないけれど、学校ではやめてほしい。私は目立ちたくないのだ。空気未満の存在として、卒業まで乗りきるつもりだったのに。彼のような、そこにいるだけで不思議と目を引いてしまうような人と関わりを持っていたら、私まで注目されてしまうじゃないか。

はあっとため息が洩れる。気が重かった。

動揺してばかりの気持ちを立て直すために、いつもと同じことをしたい。一刻も早く図書館に行きたい、そう思って足を早め、やっと入り口にたどり着いたたときだった。

「千花」

いきなり名前を呼ばれて、大げさなほど肩が震えた。おそるおそる振り向くと、その声から予想していた通り、図書館前のバス停の脇《わき》に彼が立っていた。

「さっきぶり」

背後の桜の木からはらはらと舞い落ちてくる花びらの中、彼は穏やかに微笑んでいる。私と正反対の、にこやかな表情。

「急にごめんね。ちょっと話したいことがあったから。会えてよかった」

どう答えればいいかわからず一瞬つぐんだ口を、ゆっくりと開く。

「もしかして……あとつけてきたの？」

失礼だとは思ったけれど我慢できなくて、単刀直入《たんとうちょくにゅう》に訊ねてしまった。すると彼はおかしそうに肩をすくめて笑った。

「まさか。さすがにそれは本当のストーカーになっちゃうでしょ」

「………」

すでに普通にストーカーだと思う、とはさすがに言えなかった。

「……なんで、ここが」

あとをつけてきたわけじゃないのなら、どうしてここがわかったのか。代わりにそう問いかけると、彼が小さく笑って答えた。

「この前、公園で君が落とした荷物を拾ったときに、ここの図書館のラベルがついてる本が入ってたから。もしかしたらと思って、ここに来てみたんだ。勘が当たってよかった」

それはつまり、私に会うためにわざわざここまでやってきたということだろうか。ほとんど無意識の言葉が唇からこぼれ落ちる。

「……どうして」

私に会いに来たの？　そう訊ねたかったけれど、言葉はしりすぼみになった。私が口にするにはあまりにも勇気を要する台詞《セリフ》だった。それにやっぱり、彼のような人が私みたいな人間を追いかけてくるなんて、どうしても信じられない。

そこまで考えて、すっかり『彼は私に会いたくてここに来た』と思い込んでいる自分に気がついた。思い上がりもいいところだ。そして、むしろ反対なんじゃないか、と考え直す。私なんかに好意があるわけがないのだから、もしかしたら悪意があるのかもしれない。何か私に対して恨みがあって、それを晴らすために私の居場所を探っていたのだ。そう考えるほうが、ストーカーよりもずっと現実的だ。

冷静に考えて結論に行き着いたけれど、でも、私を見つめる彼の黒曜石みたいな瞳には、憎悪や嫌悪のような感情は微塵《みじん》も感じられなかった。

やっぱりよくわからない。彼はいったい何を考えているのか。

「どうして、……あなたは……」

頭の中をぐちゃぐちゃにかき回す疑問を吐き出したくて、思わず呟《つぶや》くと、彼がふいに首を傾げて目を細めた。どこか悲しそうな、寂しそうな微笑みに見えて、どきりとする。

「ねえ、千花」

彼は薄い笑みを浮かべたまま、ゆっくりと言った。さっきもそうだったけれど、こんなふうに下の名前を家族以外から呼ばれるのは初めてで、胸が小さく音を立てる。

「千花は、僕の名前、覚えてる?」

思いもよらない問いかけに、私は目を丸くした。

「え? う、うん……」

気恥ずかしさから返事がしどろもどろになってしまった。彼にはそれが動揺に見えたのか、疑わしげな眼差《まなざ》しで覗き込んでくる。

「本当に? 忘れちゃってない?」

私はふるふると首を振る。

「そんなわけないよ……朝の自己紹介でも聞いたし」

そもそも先月、公園で再会して名前を教えてもらったときからずっと覚えている。あれだけ印象的な出会いをした人の名前は、一度聞いたら忘れるわけがない。

「染川、留生、くん……でしょう」

かすれた声を震わせながら答えると、彼は一瞬目を見開いてから、雪解けのようにじわりと微笑んだ。

「……よかった」

彼が心の底からほっとしたように頷き、噛みしめるように呟く。

「ずっと僕の名前を呼ぶの避けてるような気がしたから、覚えてもらえてないのかと思った」

それはただ恥ずかしかっただけだ。他人と関わらずに生きている私には、誰かの名前を口にすることさえ大きな勇気が必要なのだ。

「なんか、ごめん……」

私の内気な性格のせいで彼に不快な思いをさせてしまっていたことに今さらながらに気づいて、私は小さく頭をさげて謝った。

「じゃあ、お詫《わ》びに名前を呼んでよ」

彼が唐突に言った。軽口か冗談かと思って目を上げると、彼は思いのほか真剣な目をしていた。濡れたような瞳の真ん中に、くっきりと私が映っている。

「呼んでほしいな。僕の名前を、千花に」

とてもとても大切なことを告げるような口調だった。すごく恥ずかしかったけれど、それ以上に彼の切実さが伝わってきて、理由も真意もわからないけれど絶対に無下にしてはいけない、と思った。だから私は覚悟を決めて、そっと口を開いた。

「留生、くん」

心臓が口から出てきそうだった。人の名前を呼ぶというのは、こんなに緊張するのか。

顔色を窺うように目を上げると、彼は星空のような瞳《め》をゆっくりと瞬いて、じっと私を見つめ返していた。

『『くん』はいらないよ」

風が吹いて頭上の桜の枝がそよぎ、私たちは花吹雪に包まれた。視界が淡いピンク色に包まれる。彼からの視線がそれで少し遮られて、緊張感がやわらいだ気がした。

私は深く息を吸いこんでから、からからに乾いた唇で彼を呼んだ。

「――留生」

その瞬間、なぜだか急に目の奥が熱くなって、じわりと涙が滲んだ。痛くも悲しくもないのに、なぜか涙が込み上げてくるのだ。

自分の感情の唐突な変化に戸惑っていると、ふいに彼が「ふふっ」と笑みをこぼした。笑っているのに泣いているような、不思議な表情を浮かべていた。

「ありがとう」

彼が私をまっすぐに見つめて、噛みしめるように囁いた。

どうして、ただ名前を呼んだだけでお礼を言ってもらえるんだろう。不思議だった。でも、彼の顔を見ていると、私はもう何も言えなかった。

しばらく無言で見つめ合ったあと、彼がにこりと笑って言った。

「じゃあ、僕はもう行くね。引き止めてごめん」

彼の言葉で、やっとここが図書館の前で、私は今から中に入ろうとしていたのだと思い出した。

「帰り、気をつけてね。本当は家まで送りたいけど、転校の関係で色々書類を書かないといけないって先生に呼ばれてるから、ごめんね」

「いいよ、そんなの……」

家まで送る、なんて、まるで女の子扱いをされているようでびっくりしてしまい、反射的にぶんぶん首と手を振りながらそう答えたあと、はっと気がついた。

「えっ、待って、今から学校に戻るの？」

「うん、そうだよ？」

それがどうした、とでも言いたげな顔で返されて、私は言葉を失った。

まだ学校に用事が残っているのに、わざわざ私と話すために一度学校を出て、図書館まで来たということか。どうしてそこまでして。戸惑いと疑問で頭がいっぱいだけれど、うまく言葉にならなくて押し黙る。

「じゃあ、また明日ね、千花」

彼がにこにこと私に手を振る。どうしよう、と悩んだけれど、勇気を出して手を振り返してみた。慣れないから動きがぎこちないのが恥ずかしい。恥ずかしいついでに、さらにもうひと絞り勇気を出して口を開く。

「うん、また明日。……留生」

言葉に出した瞬間に、一気に顔に血がのぼってきて、私は慌てて踵《きびす》を返した。振り向いて彼の表情を確かめる勇気は、もうどんなに振り絞っても出てきそうになかった。

彼と別れたあとは、図書館に入っていつもの席に座ってみたものの、本を開いても教科書を広げてもまったく集中できなくて、ほとんどの時間をぼんやりしたまま過ごしてしまった。

「何やってんだろ、私……」

自分の胸許《もと》に囁きかけるようにひとりごちてから、目を上げて窓の外を見る。

徐々に暮れていく空を見つめながら、留生、と唇だけで呟いてみた。本人を目の前にしていなくても、やっぱり顔から火が出そうなほど恥ずかしかった。

今まで私は、誰かの名前を呼ぶのを避けてきたように思う。

もし、呼びかけても気づいてもらえなかったら、どうしよう。もしも迷惑そうな顔をされたら？　振り向いてさえもらえなかったら？　無視されたら？

そんな危惧《きぐ》が頭にこびりついて離れなくて、家族に対してさえ自分から呼びかけることができなかった。不機嫌な顔を向けられるのが怖かった。だから、ただひたすら声をかけられるのを待ち、呼ばれたら返事をするだけ。話しかけられなければ、何時間でもひとりで黙っていた。

でも、彼は――留生は違う。私に名前を呼んでほしいと言ってくれた。私なんかに呼ばれただけで、心の底から嬉《うれ》しそうに笑ってくれた。だから私は、勇気を出して自分から彼を呼ぶことができた。彼に求められて初めて、私は誰かを呼ぶことを知ったのだ。

もう一度、留生、と呟いてみる。まるで雲の上にいるみたいに、身体中がふわふわしていた。

「おはよう、千花」

翌朝、いつものようにうつむいたまま教室に入り席に着くと、すでに登校していた留生からさっそく声をかけられた。

そういう予感はしていたものの、やっぱりどきりとしてしまう。それほど大きな声ではなかったし、朝の貴重な自由時間を満喫する生徒たちの声で周囲は騒がしかったので、たぶん誰にも聞かれていないとは思うけれど、みんなの前で話しかけられることにどうしても慣れなかった。

彼にしか聞こえない音量で「おはよう」と返し、下を向いて鞄《かばん》から教科書類を出しながら、「学校では」と小声で語りかける。

「あんまり話しかけないでほしい……他の子に聞かれたくないから」

言ってから、ちらりと横を見ると、留生は不思議そうに首を傾げたものの、「わかった」と頷き返してくれた。

「千花がそう言うなら、そうするよ」

その言葉通り、彼は休み時間になっても昨日のようには声をかけずにいてくれた。昨日は彼に群がってきていたクラスメイトたちも、今日は遠巻きに見ているだけだったので、私たちの周りには誰も寄りつかず、内心ほっとしていた。

このまま、今までと同じように空気未満の学校生活を無事に送れそうだ。そう思ったのも束の間、放課後になったとたん、留生は私の真横に立って小さくこう言った。

「千花、一緒に帰ろう」

今日も昨日と同じように号令と同時に教室を出よう、と思っていたのに、そうする隙もなく声をかけられてしまった。

誰かから『一緒に帰ろう』と言われたことなどもちろんなかった私は、驚きと動揺のあまり硬直してしまった。それを留生は了承と取ったようで、「嬉しい」と私に微笑みかけてくる。そんなふうに素直な笑顔を向けられて今さら「嫌だ」なんて言えるわけがなかった。「なんで？」と訊《き》きたかったけれど、これ以上会話をすると悪目立ちしてしまいそうだったので、仕方なく、先立つように歩き出した留生の後を黙って追った。

朝の私の願いは覚えてくれているようで、教室を出てからも彼は話しかけてきたりはしなかった。でもまさか一緒に帰るはめになるなんて思ってもみなかったので、ひどく落ち着かない。もしかして、『学校では話しかけないで』と言ったから、学校が終わってから、と考えたのだろうか。

でも、いくら周りの目を気にしなくていいとしても、まだ知り合ったばかりの男の子と一緒に帰るなんて、どうすればいいのか見当もつかない。ずっと無言というわけにもいかないから会話をしないといけないだろうけれど、うまく受け答えができる気がしない。そもそも誰かと並んで歩くことさえ私は苦手だった。

困ったことになった、どうしよう、と頭を悩ませながら靴箱に向かっている途中、後ろから「藤野、ちょっと」と声をかけられた。振り向くと、世界史の先生が手招きをしている。

「この前の小テスト、不合格だったぞ。再試するから今から準備室に来い」

「あ……はい」

返事をしてから留生のほうを向くと、彼はにこっと笑って、

「じゃあ、終わるまで待ってるね」

と当たり前のように言った。てっきり『じゃあ今日は先に帰るよ』と言ってくれると思ったのに、期待が外れてしまった。

仕方がない、と内心ため息をついていると、先生がにやにやしながら留生を見て言った。

「なんだ染川、もう彼女ができたのか。転校してきたばっかりなのに、なかなかやるなあ」

その瞬間、羞恥《しゅうち》と苛立《いらだ》ちでいっぱいになる。どうして中年の男ってこんなにデリカシーがないんだろう。すぐに若い人をからかいたがる。それで距離が縮まるとでも思っているのだろうか。からかわれたこちらがどれほど気まずい思いをすることになるかも想像できないのか。本当にうんざりする。

でも、恥ずかしさで燃えてしまいそうな私をよそに、留生のほうはさらりと笑って、「それほどでも」と答えた。

あまりにも平然と返されたせいか、先生は面食らったように口をぱくぱくさせてから、

「あ、そうか。末永くお幸せに」

と言って去っていった。留生は「どうも」と頭を下げてから、周りに人がいないのを確かめるように首を巡らしたあと、こちらに笑みを向けた。

「いい言葉だよね」

唐突に同意を求められて、動揺した私は「え？」と聞き返すことしかできない。すると留生は続けて言った。

「末永くお幸せにって、あなたにはいつまでも幸せでいてほしいです、っていう祈りの言葉だもんね。いい言葉だよね」

突然思いも寄らないことを言われて、返答に困る。「あ、そうだね」としどろもどろに応じてしまったけれど、留生は気にするふうもなく、

「じゃあ、ここで待ってるから、また後でね」

と笑った。完全に彼のペースに巻き込まれてしまった私は、嬉しくもないのになぜか「ありがとう」と答えてしまった。

笑顔の留生に手を振って見送られながら、私は胸に抱えた戸惑いをどうすればいいのかわからないまま先生を追って準備室へと向かった。


十五分ほどで再試が終わって留生のもとへ戻る間、妙にそわそわして落ち着かなかった。誰かが自分を待っている場所に行くというのは私にとってはかなり慣れないことで、近づくにつれて抑えようもなく鼓動が速まっていく。

角を曲がれば留生がいる、というところに差しかかったとき、「そうなのー？」と甲高い声が聞こえてきた。クラスメイトの城田《しろた》さんという女子の声だ。もちろん話したことはないけれど、声ですぐにわかった。彼女とは一年のときから同じクラスで、いわゆる一軍の華やかな男女でグループを作っていつも騒いでいるので、声だけは毎日嫌というほど聞いていたのだ。

「待ってるって、誰を？」

彼女が続けて誰かに問いかける。

「千花だよ」

そう答えたのは留生の声だった。どきりと心臓が跳ねる。

「えーっ、千花って、藤野千花？」

「うん」

彼のけろりとした答えに、わっと声が上がる。城田さんの取り巻きの女子たちも一緒にいるようだった。

ざわざわと胸が騒ぎ出す。嫌な予感しかしない。中学でも家でも何度も体験してきた、自分のいないところで自分のことが話題になっているのを聞いてしまうというシチュエーション。経験上、ろくな話だったことがない。

それはもちろん全て私自身に原因があるのだとわかっているけれど、わかっていても聞いていて気持ちのいいものではない。

でも、足が止まってしまって動けず、耳を澄ましてしまう自分がいる。怖いもの見たさ、みたいなものだろうか。

「こんなことあんまり言いたくないんだけどさあ……」

城田さんが声をひそめて話し始めた。内緒話のように言っているけれど、もともと声が大きいので私のところまではっきりと聞こえてくる。

「ここだけの話ね、藤野さんって変わってるんだよね。誰とも口きいたことないんだよ」

さも大きな秘密を打ち明けるような口調だけれど、昨日と今日の二日間で留生は私の立ち位置をすでにわかっていると思う。なんせ隣の席なのだから。

「染川くんは来たばっかでまだわかんないんだと思うけど、本当に変わり者なんだよね。暗いって言ったらアレだけど、とにかく普通じゃないの」

「そうそう。あの子が声出すのって、授業で指名されたときだけだよね。マジで謎。いっつも下向いてあからさまに話しかけるなオーラ出してるしね」

「染川くん、昨日から何回か話しかけてたみたいだけど、どうせ返事なかったでしょ？」

「だからクラスの子も誰も話しかけないよね」

「染川くんも、いくら隣の席だからって、無理して仲良くなることないよ。あの子と一緒にいたって絶対つまらないって」

私への陰口で盛り上がり始めた彼女たちの声を、「でも」と留生の声が遮った。

「僕はつまらないと思わないから」

私は息を呑《の》んだ。彼女たちも絶句しているようだ。しばらくしてから「あっそ」と小さく言う城田さんの声がして、一斉にその場を立ち去る気配がした。

足音がこちらに向かってきたので、私は慌てて非常扉の陰に隠れる。

「なんか染川くんも変わってるねー」

「せっかくちょっとかっこいいのに、もったいないよね」

「ま、変人同士お似合いなんじゃない？」

「うける、そうかも」

きゃはは、と楽しげに笑い合いながら、彼女たちは教室のほうへと戻っていった。

立ち聞きをしてしまった気まずさから、しばらく息をひそめて時間を稼いでから留生の前に姿を現す。

こういうときってなんて言うんだっけ、と考えて、「お待たせ」が最適だと判断して口に出したはいいものの、とたんに激しい後悔が襲ってきた。なんて上から目線の言葉なんだろう。私なんかが口にしていいような言葉じゃなかった。時間を巻き戻したい。

恥ずかしさにうつむいていると、ふいに「再試お疲れ様」という声が降ってきた。驚いて顔を上げると、留生は『お待たせ』なんて偉そうなことを言われたことを気にしているふうもなく、心底嬉しそうに笑っている。

「お帰り、千花。待ってたよ」

お帰り。待ってた。その言葉が鼓膜に染み込んできた瞬間、じわりと胸が温かくなった。

『お帰り』なんて言われたのはいつぶりだろう。もう何年もの間、家族でさえ私にそんな言葉をかけてくれていないことに気がついた。『待ってた』なんて言われたのは生まれて初めてだと断言できる。

「さ、帰ろう」

今度はかっと頬《ほお》が熱くなった。さっき教室でも同じことを言われたはずなのに、今は信じられないくらいに恥ずかしくて、そして何より嬉しい。

「……うん」

私は柄にもなく素直に頷いた。留生がくすりと笑って歩き出す。その背中を見ていると、言葉にならない気持ちが込み上げてきた。むずがゆくて、くすぐったい気持ち。彼と帰ることを『気が重い』と思っていたさっきまでの自分とは、まったく別人になったような気持ちだった。

並んで靴を履き替えて、一緒に校門へと向かう。こんな経験は初めてだった。恥ずかしくて緊張して、何も言葉が出てこない。こんなに沈黙していていいのだろうかと不安になったけれど、ちらりと横を窺うと留生は気にする様子もなく柔らかい表情でのんびりと歩いている。

それでも、うまく場を盛り上げられない自分が情けなくて仕方がない。さっきクラスの女子たちが言っていた、『あの子と一緒にいたって絶対つまらないって』という言葉がぐるぐると頭の中を駆け巡っている。

「……ねえ、留生」

呼びかけると留生は当然のように「ん？」と振り向いてくれる。その安心感から、思わず正直に訊ねてしまった。

「なんで、私なんかと一緒に帰りたいなんて言い出したの？」

留生が目を丸くしてじっと私を見つめる。それから少し首を傾げて、そっと呟くように言った。

「もう、あんまり時間がないから……」

その答えの意味を理解しかねて、「どういうこと？」と問いを重ねたけれど、留生は曖昧《あいまい》な笑みを浮かべてそれ以上は答えてくれなかった。訝《いぶか》しくは思ったものの、わざわざ問い詰めるようなことでもないし、そんな権利も私にはないと思って口をつぐんだ。

「詳しくは言えないけど……時間はどんどん過ぎていくから、だから、なるべく千花と仲良くなりたいんだ」

仲良く。自分に向けられたものとしてはあまりに耳慣れない言葉に、私は絶句する。

もしもこれが小説や漫画の中で、可愛い主人公が男の子から言われた言葉だとしたら、なんて素敵な甘い台詞だろう、とときめくに違いない。でも、もちろん私は少しも胸を高鳴らせたりはしなかった。自分がそんな言葉をかけてもらえるような人間ではないことはわかりきっていたし、もしもここで喜んだりしたら思い上がりも甚《はなは》だしい。ただただ、彼がなぜ私なんかと『仲良くなりたい』などと言うのか、不思議に思うだけだ。

「君に信頼してもらえるように、仲良くなっておきたい」

またわけがわからない言葉。留生はどうしてこんなに意味不明なことばかり言うんだろう。固まったまま見上げていると、彼がおかしそうに小さく噴き出した。

「頭の上にでっかいはてなが浮かんでる」

笑いをこらえるように口許を押さえて言ったあと、今度は柔らかい微笑みを浮かべて続ける。

「千花はわからなくていいよ。僕が全部わかってるから」

まだ唖然《あぜん》としている私を横目に、彼は「さ、行こう」と歩き出した。


ふたりで一緒に駅までの道を歩く。誰かと肩を並べて歩くのは、学校の遠足などの行事以外では初めてのことで、動きがぎこちなくなっているのを自覚する。

駅に近づくにつれて人が多くなってきた。同じ制服、違う制服、スーツ、普段着、作業着、色々な服を着た人たちがいる。

その中を留生と歩いていると、すれ違う人たちが時折こちらへちらりと視線を投げてくるのを感じた。まず留生を見て、それから私を見ると、あざに気づいて驚いたような顔をして、今度は留生と私を見比べる。きっと『釣り合わないふたり』と思われているのだろう。見てはいけないものを見てしまった、というように目を背ける人もいた。

顔の半分を覆うほど大きなあざがある上に、それを隠すために髪をだらだらと伸ばしていて（小中学校では『お化けみたい』と陰口を叩かれていた）、その割に結局あざは隠しきれていない。悪目立ちして当然だ。

でも何より嫌だったのは、私みたいな人間と一緒に歩いているせいで、留生まで変な意味で注目されているような気がすることだ。きっと、『あんな醜い女の子と歩いているのは一体どんな男の子なんだろう』という目で見られている。

そんなことを考えているうちに、あまりの居たたまれなさに私は「あの」と声を上げた。留生が「ん?」と振り向く。

「私、駅ビルに用事があるの思い出したから、ここで」

別れよう、と言う前に、彼は「そっか」と頷いた。

「じゃあ、僕も一緒に行くよ」

まさかそんな答えが返ってくるとは想定していなかったので、「へっ」と変な声が出てしまった。

「いや、いいよ。付き合ってもらうの悪いし」

「悪くないよ。僕もついていく」

「でも……」

「いいから、いいから。僕が君のことを知りたくて、君と一緒にいたくて勝手についていくだけだから。千花は僕のことは気にしないで自分のしたいようにしてて」

「……」

さっきから立て続けに浴びせられる、文字面だけを見ればやけに甘い言葉たち。あまりにも私の理解の範疇《はんちゅう》を超えていて、頭がくらくらしそうだった。なぜ出会ったばかりのただのクラスメイトに過ぎない私と『一緒にいたい』だなんて言うのか。

ただ、とにかく彼が、軽い口調ながらも嘘《うそ》やからかいではなく真剣に言っていることだけは伝わってきて、断ることなんてどうしてもできなくて、私は小さく「わかった」とだけ答えた。

留生を連れて駅ビルに入っている本屋に行き、新しく出たばかりの文庫本を一冊買った。彼は私のあとを黙ってついてくるだけで、本を物色することもなかった。クラスメイトたちに質問されていたとき、趣味も何もないしテレビも観ないと言っていたけれど、漫画や雑誌さえ全く読まないのだろうか。

そのあとは結局、留生の言うままに家の近くまで送ってもらった。門の前に立って振り向くと、彼は別れた場所にまだ佇《たたず》んでいた。目が合うとにこりと笑って手を振ったけれど、それまでは妙に真剣な、厳しいとも言える目つきで家のほうを眺めていたように見えた。

玄関の前に立って鞄の中の鍵《かぎ》を手で探りながら、頭では留生のことを考える。その真意も、突《とっ》飛《ぴ》な行動の理由も全然わからないけれど、彼が私に対して奇妙な執着心のようなものを持っているのは確かなようだ。執着心、と言うと語弊があるかもしれない。そんな言葉が似合うほどにどろどろしたものではないけれど、でも、異常なほどに私のことを気にしていると思う。

不思議で仕方がなかった。私は誰かに執着されるような価値のある存在ではない。それに留生とはまだ知り合って間もない。それなのにどうして彼は――。考えれば考えるほどわからないことだらけだった。

深いため息をついて玄関のドアを開けた瞬間、見慣れない靴に目が釘《くぎ》づけになった。黒い革靴と、赤いハイヒール。たぶん両親のものではない。

嫌な予感に襲われながらそろそろと玄関を上がると、奥から和やかな笑い声が聞こえてきた。

普段はうちのリビングで誰かが楽しげに話していることなんて皆無だ。酔っ払ったお父さんの怒鳴り声か、お母さんの苛立つ声だけ。お姉ちゃんは家では必要最低限にしか口をきかない。それなのに笑い声が聞こえるということは、誰か来ているのだ。

しまった、と後悔が込み上げてくる。来客があるときに鉢合わせたりしないようにいつも夜遅くなってから帰るようにしているのに、今日は予定外のことが続いたせいで、まだ夕方なのに帰ってきてしまった。

来ているのは親戚か、お母さんの友達だろう。誰であろうと会いたくはなかった。

気づかれないように足音を忍ばせて階段に向かう。でも、開いたままのリビングのドアの横を通るときに床板が軋《きし》んでしまった。中から「あら、千花」と高い声が聞こえてきて目を向けると、いつになく朗らかな笑顔のお母さんがいた。ひどく世間体を気にするお母さんは、家族以外の目があるときは私に対しても絶対に笑顔を崩さない。

「おかえりなさい、千花。今ね、高野《たかの》のお義兄さんたちがいらしてるのよ。明日こっちでお知り合いの結婚式があるんですって。ホテルに行く途中でわざわざ寄ってくださったのよ。ほら、あなたもこっちに来てご挨拶なさい」

いつもからは考えられないくらいに優しい口調で言われて、私は渋々中に入った。

高野の伯父《おじ》さんは、お父さんの一番上のお兄さんだ。県外に住んでいるので、ほとんど会ったことはない。何を話せばいいかもわからないし、気が重かった。

「……こんにちは」

とりあえず頭を下げると、伯母《おば》さんがにっこりと挨拶を返してくれた。

「こんにちは、千花ちゃん。久しぶりねえ、五年ぶりくらいかしら」

「あ……はい、そうかもしれないですね」

伯父さんが「もうそんなになるかあ」と豪快に笑う。

「すっかり大きくなったなあ。前に会ったときはこんなにちっちゃかったのになあ」

ははは っと笑いながら伯父さんが腰を下ろしたソファの脚あたりの高さで手を止めると、伯母さんがうふふと笑った。

「いやねえ、あなたったら。それじゃ赤ちゃんじゃないの」

「ははっ、それもそうか」

お母さんは「お義兄さんたら相変わらずねえ」とおかしそうに笑っていた。私も笑わなくちゃ、と必死に表情を作ったけれど、頬が引きつっているのを自覚する。

伯父さんは明るい人で、会うといつもこういうふうに冗談ばかり言っている。いい人だとは思うけれど、言うことは大して面白くないし、愛想笑いをするのが大変だ。

私のぎこちなさを察したのか、お母さんが「千花、手を洗ってきなさい」と言ってきた。笑顔のままだけれど、目は笑っていない。『ちゃんと愛想よくしなさい』と暗に言われているのがわかった。はい、と小さく答えて、伯父さんたちに頭を下げてリビングを出る。

ドアを閉めようとノブを後ろ手に握ったとき、背後から「可哀想《かわいそう》にねえ」と伯母さんの声が小さく聞こえてきた。思わず動きが止まる。

「千花ちゃん、あざはやっぱりそのままなのね」

どうやらお母さんに話しかけているらしかった。私に聞こえないように気を遣って声を低くしているつもりらしいけれど、はっきりとここまで届く。

「大きくなったらあざも薄くなったり小さくなったりするんじゃないかと思ってたけど、だめだったのね」

「そうだよなあ、女の子なのに可哀想になあ。あれじゃまともな結婚なんかできないだろう。最近は孤独死なんて怖い言葉も聞くしなあ、心配だよ」

かっと顔が熱くなった。人の気も知らないで、勝手なことばっかり。どうせ他人事《ひとごと》だからそんなふうに軽々しく言えるんだ。無神経にもほどがある。

「病院は連れていってみたらどうかしら。今の時代なら皮膚移植とかできるんじゃない？」

「いえ、病院には……見世物みたいになるのも可哀想な気がして、なかなか……」

お母さんの声だった。ざわざわと胸が波立つ。見世物になるのが可哀想、なんて言っているけれど、本当は自分が嫌なだけなのだと知っている。醜いあざを持った娘を連れて歩くのが嫌なのだ。その証拠《しょうこ》に、昔からお母さんは、買い物に行くときにはいつもお姉ちゃんだけ連れていっていた。

「それもそうね。女の子だし、あんなにひどいあざだもの、じろじろ見られるのも可哀想ねえ」

「そうかあ、本当に可哀想になあ。なんとかならないのかねえ」

「百花ちゃんはお人形さんみたいに綺麗な顔してるのにね。どうして千花ちゃんだけあんなことになっちゃったのかしら」

「姉妹で違いすぎるっていうのも酷だよなあ。うちのふたりは似たような顔でよかったな、ははっ」

「ふふふ、そうねえ」

私は音がしないようにゆっくりとドアを閉めて、そのまま階段をのぼった。もうあの空間には行きたくなかった。

そのまま部屋に入ってベッドの上で丸くなっていたら、しばらくしてリビングのドアが開く音と玄関での話し声が聞こえてきた。伯父さんたちが帰るのだろう。

まだ手洗いもうがいもしていないので、とりあえず洗面所に行きたくて階下の気配を窺い、彼らが玄関を出たのを見計らって階段を下りた。

お母さんがキッチンにいるのを確認して、洗面所に入る。しばらくして、玄関のドアが開いた。伯父さんたちが戻ってきたのかと思ってちらりと見ると、お姉ちゃんだった。

彼女は靴を脱いでそのままリビングに入っていく。たぶん空になった弁当箱をお母さんに渡しているのだろう。

「誰か来てたの?」

お姉ちゃんの声が聞こえてきた。お母さんが「ええ」と答える。

「高野の伯父さんたちが来たの」

「へえ」

「あの人たち連絡もなしに急に来たから、困っちゃったわよ。掃除もしてないし、お茶もお菓子もないし。しかも夕飯どきよ、パートから帰ったばっかりで忙しいときに。まったく、人の迷惑がわからないのかしら？　相変わらず無神経な人たち」

さっきまでにこにこと応対していたのに、本心ではそんなことを考えていたのだと思うと、なんだか空寒い気持ちになった。

私は蛇口をひねって細く水を出し、手を洗い始めた。存在を気づかれたくないので極力音を立てないように生活するくせが身についてしまっている。

口に含んだ水を吐き出して顔を上げたとき、心臓が跳ね上がった。鏡に映った自分の顔の横に、お姉ちゃんの顔が映っていたからだ。赤紫のあざに覆われた醜い顔と、『お人形さんみたい』に美しい顔。

彼女の顔は、妹の私から見ても本当に綺麗だ。透き通りそうに白く肌理《きめ》細かな肌は吹き出物のひとつもなくつるりと滑らかで、目鼻立ちも整っている。特に、長い睫毛《まつげ》に囲まれた大きな瞳は印象的で、腫《は》れぼったい奥二重の私とは天と地ほど違う。本当に血がつながっているのかと疑いたくなるほどに。

彼女はどうやら手洗い待ちをしているようだった。私は「ごめん」と慌てて場所を譲る。

「なんで謝るの」

お姉ちゃんがかすかに眉《まゆ》をひそめて言った。私の言動に苛立っているのがわかる。

昔からそうだった。なんでもそつなくきびきびとこなすお姉ちゃんに対して、私はなにひとつうまくできずにとろとろしてしまう。彼女がそれに苛々しているのが、言われなくても私にはわかるのだ。

「普通に、おかえり、ただいま、でいいでしょ。なんで謝るのよ」

「……ごめん」

「だから、いちいち謝らなくていいってば」

お姉ちゃんがまた眉根を寄せてため息をついた。うざいなあ、と言われているような気がした。

私はため息をつかれるのが苦手だ。お父さんもお母さんもお姉ちゃんも、私を見るといつもため息をつく。そのときの表情から私に対する嫌悪や呆れがはっきりと感じ取れて、ひどく萎縮《いしゅく》してしまう。私みたいな人間が家族でごめんなさい、と謝りたくなる。

「あ、そういえば」

お姉ちゃんが何かを思い出したように声を上げた。タオルで手を拭《ふ》きながら鏡越しにこちらを見ている。窺うようなその視線に身が縮んだ。

「ねえ千花、この前……」

その言葉を遮るように私は「ごめん」と言って、そそくさとお姉ちゃんから離れた。これ以上、彼女と言葉を交わすのはごめんだった。自分が惨めになるだけだ。

洗面所を出ると、運悪くお母さんと鉢合わせしてしまった。

「ちょっと千花、さっきどうして戻ってこなかったの?」

「……ごめんなさい」

「お母さんが伯父さんたちに謝らなきゃいけなかったのよ。どうしてあんたはそうお母さんを困らせてばっかりなのよ」

「ごめんなさい。これから気をつけます」

洗面所から出てきたお姉ちゃんが私とお母さんをちらりと見て、また呆れたようなため息をついて二階へとのぼっていった。

お姉ちゃんはいいな、と思う。頭がよくて見た目も綺麗で、なんでも要領よくこなして、お母さんに怒られているのを見たことがない。お父さんはお姉ちゃんのことをいつもべた褒めで、溺《でき》愛《あい》している。

私って本当に存在価値がないな、とつくづく思う。家だけじゃなくて、学校でも、どこでも。この世界には、私が存在する意味も必要も、これっぽっちもないのだ。

そんなことを考えながら、私はいつ終わるかもわからないお母さんの説教を、うつむいて聞いていた。

3 深い、深い海の底

——そして君は今も、僕のために犯した罪を償い続けている。

「千花《ちか》、帰ろう」

帰り支度をしていると、隣に立った留生《るい》が、にこりと首を傾《かし》げながら声をかけてきた。その拍子に、黒い絹糸みたいに柔らかそうな細い髪がふわりと揺れる。窓から射《さ》し込んでくる、徐々に強さを増してきた春の盛りの光が、つやのある黒髪に白く反射してきらめいた。

思わず見とれながら、小さく頷《うなず》いて席を立つ。

留生が転校してきてから、あっという間に一週間以上が経《た》った。彼はあの日以来、当たり前のように私と一緒に帰るようになっていた。

毎日、終業のチャイムが鳴ると荷物を持って横に立ち、にこにこしながら私の帰り支度が終わるのを待っている。私が立ち上がって歩き出すとついてくる。

最初の数日は、私が願い出た通りに教室では話しかけてこなかったけれど、休み時間のたびに微笑《ほほえ》みながら私を見つめてくるし、それにずっと気づかぬ振りをしているのも限界が来て、いつしか普通に会話をするようになってしまった。ほだされる、というのはこういうことを言うんだろうな、と思う。

クラスのみんなは、今まで誰《だれ》とも接触せずにずっとひとりでいた私が、突然転校生の男の子と行動を共にするようになったのを見て、ひどく不審そうな、怪訝《けげん》そうな顔をしていた。それで留生まで『変わり者』だと認定されたらしく、誰も彼に話しかけない。でも本人は少しも気にすることなく、私に話しかけてばかりいる。

初めは、ずっと誰とも口をきかなかったくせに留生が来てからいきなり普通に会話をするようになった自分の姿を、人に見られるのが本当に恥ずかしくて嫌で嫌でたまらなかった。でも今はもう慣れてしまった。

私と留生は、他《ほか》の生徒たちからは、同じ教室の中にいるけれどクラスメイトではない、違う空間にいる存在のように扱われていると思う。ふたりだけの世界、と言ったらなんだか恋人同士みたいに聞こえるから正確ではないけれど、それに限りなく近い状況だった。

学校を出て図書館に向かう途中も、留生は何かと話しかけてくる。でも、私は普通の人のようにうまく答えたり話を広げたりすることができなくて、いつも自分が情けなくなった。

「いい天気だね。暖かいし、気持ちがいいね」

「あ……うん、そうだね」

「もうすぐ夏が来るねえ」

「うん……」

「あっ、見て見てあそこ、猫がいるよ」

「あー……」

「野良猫かな。あ、でも、首輪がついてるね。飼い猫か」

「そうだね……」

「ちゃんと家があるんだね、よかった」

　こんなふうに彼はふと思いついたことやたまたま目に入ったものについて話を振ってくるけれど、言われてすぐにうまい返しをすることなど私には不可能だった。だから必然的に「うん」「そうだね」の繰り返しになる。会話していてこんなにつまらない人間も珍しいだろう、と自分のことながら呆れてしまう。

　それでも留生はかまうことなくにこやかに声をかけてくれる。ありがたいけれど、少しでもまともな反応をしようと必死に考えを巡らせるので、疲れてしまうのも事実だった。

　私はどうしてこんなに人と関わることが苦手なのだろう。『コミュ障』という今流行《はや》りの言葉があるが、まさに、私のためにあるようだとよく思う。

留生の話に、我ながらつまらない相づちを打ちつつ歩いているうちに、いつもの図書館に着いた。

中に入ると私はいつもの机に陣取り、閉館時間まで本を読んだり宿題をしたりして時間をつぶす。留生は私の向かいの席に座って、ただじっと私を見ている。夜になって図書館が閉まって帰路につくまでずっと。奇妙な光景だった。

昔から私は、誰かに顔を見られるのが大嫌いだった。なるべく他人の視界に入らないようにこそこそと行動してきた。でも不思議なことに、留生に見られるのはそれほど嫌ではない。というか、気にならない。それは彼が、私の顔を見るときに、まるであざなんて全然目に入っていないような表情と眼差《まなざ》しをしているからだと思う。

私と会話をするとき、誰もがまずはこの顔の右側に目を奪われ、それから『見たら悪いな』と思っているかのように不自然に視線を逸《そ》らす。それでも、何気なく言葉を交わしながらもちらちらとあざのあたりに目を走らせるのだ。気になって仕方がないというように、あざの正体や全貌《ぜんぼう》を確かめようとするかのように。

それが当たり前だったから、留生が私を見るときの感じは私にとって新鮮なものだった。彼はまるで私のあざが全く見えていないかのように私を見る。いや、見えていないというのとも違う。まるで見慣れているかように、と言ったほうが正しいかもしれない。こんな大きなあざが顔にある人を私は自分以外に見たことがない。だからこそみんな私を物珍しそうに、憐《あわ》れむように見るのだ。たぶん留生だって見たことはないはずだろう。

それなのに、彼が私を見るときはとても自然な感じがする。あるはずのないものがそこにあるという違和感だとか、その醜さに対する嫌悪感だとか、大きなあざを持って生まれたことに対する憐れみだとか、普通の人が私を見たときに必ず抱くであろう思いを、かけらほども持っていないように見える。

彼は私のあざを凝視したりせず、かといって不自然に目を逸らして見ないようにするわけでもなく、あざのない左側もあざに覆われた右側も変わりはないかのように、普通の顔の人を見るときと同じように、いたって『普通に』見るのだ、私の顔を。

そのことがとても居たたまれなくて、くすぐったくて、嬉《うれ》しかった。だから私は――。

「好きなんだね」

突然問いかけられて、いつの間にか物思いにふけっていた私は、はっと我に返った。瞬間、現在の状況を把握する。

私は今、いつもの図書館の大きな机で本を読んでいて、向かいには留生が座っていた。そして彼は微笑みながら私を見つめている。

左側には大きなガラス窓があって、春の柔らかい光が射し込んでいた。照らし出された留生の姿は淡く発光しているように見えて、陽射《ひざ》しに溶けそうに綺麗《きれい》だった。

ぼうっとそれを眺めていると、鼓膜に残った『好きなんだね』という彼の言葉がふっと甦《よみがえ》ってきた。とたんになぜか顔が熱くなり、鼓動が激しくなる。『好き』という単語が妙に恥ずかしかった。

「え……、な、何が？」

どぎまぎしながらうつむいて訊《たず》ねると、視界の端から留生の手がすうっと伸びてきて、私の手もとを指差す。

「本が」

彼の言葉に私はそっと目を上げた。留生はゆったりと目を細めている。

「いつも読んでるから、本が好きなんだなって」

少しずつ動悸《どうき》が治まってきた。ふっと息を吐いてから「別に」と小さく答える。

「好きっていうか、読んでたら誰も話しかけてこないから……」

私が休み時間のたびに文庫本を取り出して目を落とすのは、そうしていれば周囲との間に予防線を張ることができるからだ。正直にそう答えると、けれど留生はどこか納得できないような顔をした。

「でも、本当にそれだけのためなら、学校の外では読まなくていいよね。だけど千花は学校が終わってからも図書館でよく読んでるから、本当に好きなんだなあって思って見てたんだ」

意表を突かれて私は目を見開いた。

そんなふうに考えたことはなかった。ただ、学校で読んだのが中途半端なところで終わってしまったので、きりのいいところまで読んでから本を閉じようと思ったのだ。いつも同じようなものだ。先が気になるところで終わるとなんとなく落ち着かないので、図書館や家で続きを読むことがあるというだけ。それが留生の目には『本が好き』に映るというのは意外だった。

考え込んでいると、留生がふと窓の反対側へと目を向けた。つられて私もそちらを見る。そこには、見上げるほどに背の高い書架が整然と立ち並んでいた。そこにぎっしりと詰まった、数えきれないほどの本たち。

空気中を漂う細かい塵が、窓から射し込む光に照らされてきらきらと輝いている。図書館独特の古い紙とインクと埃《ほこり》のにおいが心地いい。私は昔からこのにおいが大好きだった。

「たくさんあるね。何冊くらいあるのかなあ」

留生がひとりごとのように呟《つぶや》いた。私は「百万冊だって」と答える。貸し出し受付カウンターの奥に『今日現在の蔵書数』が掲示してあり、何度も見たのでなんとなく覚えていた。

留生が驚いたように目を丸くする。

「百万？　そんなにあるの？　すごいな」

私はこくりと頷いて「びっくりだよね」と答えた。

「もっと大きい県庁所在地とかの図書館だと三百万とかいくらしいし、トップの大学の付属図書館とかだと一千万冊近くあるんだって」

「へえ……一千万冊とか、多すぎて想像つかないね。本ってそんなにたくさんあるんだ、びっくり」

留生が感心したように言った。

「本当そうだよね。前にどこかで知ってすごく驚いたんだけどね、本って日本だけで一日だいたい二百冊も出版されてるんだって。一ヶ月だと約六千冊、一年だと約七万冊。すごいよね、毎年七万冊ずつ本が増えてるなんて」

一気に話したので息つぎをするのを忘れていて、途中から苦しくなってきた。それでも言葉が止まらない。

「しかも、それは日本だけの話で、海外でも毎日どんどん出版されてるわけでしょ。さらに言えば、何千年も昔から本は書かれ続けてたわけで、世界にある本を全部合わせたら、一億冊以上にもなるっていう説もあるらしいよ。一億だよ、すごくない？」

そこまで話してから、はっと我に返った。ひとりでべらべらとしゃべり続けていたことに気がついて恥ずかしくなる。

世の中には何冊の本があるのだろう、とあるとき気になって、なんとなく調べてみて知った情報だった。でも、話す相手がいなくて驚きを共有できなかったので、ずっと消化不良のような気持ちがしていて、だから思わず勢い込んで話してしまったのだ。

「……ごめん、ひとりでしゃべりまくっちゃって」

留生に呆《あき》れられてしまったんじゃないかと思ってちらりと目を向けると、意外にも彼は妙に嬉しそうな顔をしていた。そして、「いいよ」と微笑んで首を傾げる。

「そんなの気にしないで。むしろ、千花がこんなにたくさん話してくれるの初めて聞いたから、すごく嬉しい」

かっと頬《ほお》が熱くなる。呼吸も忘れるほどに長々としゃべるのなんて初めてだった。相手の気持ちも考えず反応も見ずに一方的に息急《せ》き切って話すなんて最低だしみっともない。そして、そんな自分がどう見えていたのかと思うと恥ずかしくてたまらなかった。

「すごく本が好きなんだって伝わってきた」

「別にそんなに好きってわけじゃないよ……私よりもたくさん読んでる人はいっぱいいるだろうし。……ただ、私が知ってる本なんて世の中に存在してるたくさんの本たちのほんの一部だと思うと、ちょっと楽しみではあるかな……」

これも普段から思っていたことで、話すつもりなんてなかったのに口に出してしまった。誰かに聞いてもらえるというだけで、こんなに話しやすいものなのかと驚いてしまう。

「まだ巡り合ってないだけで、すごく面白い本とか自分にぴったりの本が、まだまだたくさんあるんだろうなって……」

そう締めくくると、留生がふふっと笑った。

「それって、やっぱり、大好きってことだと思うよ」

窓いっぱいの陽射しを浴びて、留生の笑顔は光に溶けそうに清らかで透き通って見えた。そのせいか、なんだか留生の言う通りのように思えてくる。

「そう……なのかな」

「そうだよ、きっと」

私は照れくささから本のページを無意味にめくったり戻したりしながら、そうか、私は本が好きだったのか、と噛《か》みしめるように反芻《はんすう》していた。高校生にもなって情けないけれど、自分が何かを好きだと思ったのは初めてだったのだ。

帰宅したとき、玄関のドアを開けると同時に、やけに静かだな、と思った。まるで死んだ家のように、薄暗くて物音ひとつしない。

そういえばお母さんは今朝、パート仲間に頼まれて断り切れずに遅番と交代したとぶつぶつ文句を言っていたから、まだ帰ってきていないのだろう。お姉ちゃんは今ごろはまだ塾の自習室にこもっているはずだ。お父さんは四月は仕事が忙しいらしく、日付が変わるころの帰宅が続いていた。いつも晩酌をして酔っ払い、暴言を吐いたり物に当たったりしているお父さんが、ご飯を食べてすぐに寝る生活をしているので、最近は夜の家の中が少し平和だった。

家にひとりというのはあまりない状況で、なんだか変な感じがする。そう思った矢先に、突然リビングから大きないびきの音が聞こえてきた。誰もいないと思い込んでいたので、わざとみたいに肩が大きく震えた。

そろそろとリビングのドアを開けて覗《のぞ》き込むと、ソファの上でお父さんが居眠りをしていた。仕事が一段落ついて早めに帰ってきたのかもしれない。

酔っ払っているときのお父さんとは絶対に顔を合わせたくないけれど、寝ているときならいびきの音以外は無害なのでよかった。

ソファの向かいにあるテレビはつけっぱなしになっていて、ニュースが流れている。持ち帰ってきた弁当箱を包みから取り出してシンクに置きながら、私は見るともなくニュース画面に目を向けた。
《今年の大型連休は、ちょっと趣向をこらして、ご家族で流星群の観測に行ってみてはいかがでしょうか》
アナウンサーの女の人がこちらをまっすぐに見つめながら笑顔で言っている。そういえば、もうすぐゴールデンウィークだ。別に家族旅行をするわけでも、友達と遊びに行くわけでもないので、私には関係ないけれど。
映像が笑顔のアナウンサーから切り替わって、研究室のような場所でカメラに向かう白衣の男の人が映し出された。
《みずがめ座η《イータ》流星群は、ちょうどゴールデンウィークごろに見られる流星群です。出現期間は四月十九日から五月二十八日で、極大を迎えるのは五月六日二十三時ごろです。極大というのは、流星群の活動が最《もっと》も活発になる時期のことで、この日の前後数日には流れ星が多く出現します》
初めて聞く名前の流星群だったので、ふうん、と思いながらなんとなく耳を傾けていた。
《みずがめ座η流星群は毎年見ることができますが、特に今年は好条件が揃《そろ》っているんです。極大日月齢一、つまり新月の翌日なので月は非常に細く、月明かりの影響を受けずに星を見ることができます。また、ちょうどピークの時刻が日付の変わるころから明け方までと夜間ですので、肉眼でも観測できます。もちろんピークの時刻ではなくても、流星群の出現期間内であれば、しばらく夜空を見上げていれば流れ星はそれなりに見られると思います》
そういえば流れ星って実際には見たことないな、とふいに思う。いつもうつむいている私は、じっと空を見上げることなんてまったくなかった。そんなことをしたらあざが目立ってしまう。

鞄《かばん》から保護者宛《あ》てのプリントを取り出し、ダイニングテーブルの上に置いた。

《この時期、明け方の夜空は夏の星座がいっぱいに広がっています。また、空が暗くて人工の明かりが届かない場所であれば、天の川も見られる時期です》

テレビに映った星空を見て、なんとなく湖の森のことを思った。風がない日は湖面が鏡のようになって周囲の景色《けしき》を映すので、その美しい光景は写真を撮るにはうってつけらしく、カメラを持った人々がわざわざ遠方からやってきて森へと入っていくのを何度も見たことがあった。

ニュースの画面がまたアナウンサーに切り替わった。

《ゴールデンウィークの海外旅行ももちろんいいですが、郊外へ足を伸ばして流星観測がてら満天の星空を見てみるのもいいんじゃないでしょうか。続きまして、……》

リビングを出ようとソファの後ろを通ったとき、低い呻《うめ》き声が聞こえてお父さんが身じろぎをした。

しまった、物音で起こしてしまったか。見つかる前に出ないと。どきどきしながら廊下に続くドアを開ける。すると背後で衣擦《きぬず》れの音がして、起き上がったお父さんから視線を向けられているのを感じた。

このまま二階に行ってしまいたかったけれど、無視をしたと思われて機嫌を損ねてしまうのも怖くて、ちらりと振り向いた。

ソファの背もたれごしに目が合う。お父さんが眉根《まゆね》を寄せて私をじっと凝視してから、のそりと起き上がった。また何か叱《しか》られるだろうか、と肩を縮めていると、お父さんは黙ったまま私の横をすり抜けて出ていった。

ふっと全身の力が抜けると同時に、身構えていただけに肩透かしを食らったような気分になる。お酒を飲んでいないときのお父さんはだいたいこんな感じだ。「飯」、「風呂《ふろ》」以外は何もしゃべらず、目が合うことさえほとんどない。まったく家族に関心がないようだった。

酔っているときは感情が昂《たかぶ》って爆発したようにお母さんや私に言葉をぶつけてくるけれど、あれはただ怒鳴り散らすことでストレスを発散しているだけで、家族に何か伝えたいことがあるわけではないんだろうな、と思う。

静かすぎる家の中、生命が死に尽くした海の底にいるような気持ちで、ゆっくりとリビングを出て階段をのぼった。

この家が生き返る日なんて、二度と来ないように思える。そもそも生きていたことなんてないような気もした。

お父さんはトイレに行ったあとまた眠りについたらしく、私が部屋に戻ってしばらくすると、階下からは物音ひとつしなくなった。

沈黙が耳に痛いような気がした。今までは誰もいない家にいたとしても、静かすぎるなんて感じたことはなかったのに。

もしかして、留生と一緒に過ごすようになったからだろうか。これまでは一日中誰とも口をきかない日も多かったのに、今は当然のように彼とたくさんの言葉を交わしている。だから私は、常に自分を包んでいたはずの静けさを忘れてしまったのだろうか。私の感覚は変わってしまったのだろうか。

そのことを、怖い、と思う。留生がいることに、留生と一緒に過ごすことに慣れてしまっている自分が怖かった。だって、彼がいつまでも私なんかの隣にいるわけがない。いつまでも放課後を共に過ごしたりなんかするわけがない。なのに、それを当たり前のように錯覚してしまっているとしたら、いつか留生が離れていったときに、隣に彼がいないことを、誰からも声をかけられない沈黙を、虚《むな》しく感じてしまうんじゃないかと思った。

そんな身のほど知らずの感情を抱いてしまうかもしれない自分の変化がとても不安だし、心から怖かった。


図書館の桜は、一日ごとに花びらが減っていき、今日はもうすっかり葉桜の緑に染まっていた。四月も下旬に差しかかると、春の香りはほとんど消えて、陽射しには夏の気配が色濃く現れ始めていた。

私は夏が苦手だった。髪の中に熱がこもるから暑くてたまらないのだ。結んでしまえばもちろん首に風が当たって涼しいのだろうとわかっているけれど、そんなことをしたらあざ隠しのためにわざわざ髪を伸ばしている意味がない。だから、春の終わりはいつも憂鬱《ゆううつ》だった。

図書館に着いていつものように文庫本を広げていると、向かいに座った留生が鞄から原稿用紙を取り出すのが見えた。

「それ、もう書くの?」

周囲に気を遣いながら声を落として訊ねると、彼は「ん?」と目を上げて、「うん」と頷いた。

「ええ、すごいね。もう内容思いついたの?」

「うん。授業中に思いついた」

留生が目の前に広げた原稿用紙は、今日の現代文の授業で配布されたものだった。来週から始まるゴールデンウィークにあたって、『短編小説を書いてみよう』という課題が出たのだ。

いきなり小説を書くなんて言われてもどうすればいいか見当もつかず、みんなが「そんなの無理」、「そもそも小説とか読まないし」などと口々に文句を言うと、先生は「そう言うと思ってた」と笑い、カードを配り始めた。

そこにはそれぞれに単語が書かれていて、それをテーマにしてストーリーを考えてみましょう、というのだ。周りの生徒たちがわあわあ騒ぎながら互いに教え合っているのを聞いていると、《花》《太陽》《朝食》《ロボット》《犬》《プレゼント》《信号》《スマホ》など本当に様々な言葉が用意されているようだった。

「でも、いくらテーマが与えられても、いきなり小説を書けなんて言われたってどうすればいいかわかんなくない?」

そう呟くと、留生はきょとんとした顔をした。

「そうなの？　千花はよく本読んでるから、ささって書けちゃいそうなのに」

私はふるふると首を横に振る。

「いやいや、無理だよ。読むのと書くのじゃ全然違うもん」

「ふうん、そっかあ」

留生はわかるようなわからないような、というように小首を傾げた。

「千花のテーマはなんだった？」

私はクリアファイルにしまっておいたカードを取り出し、留生に見せる。すると彼は一瞬、驚いたように目を見張った。それからひとりごとのようにぽつりと言う。

「……《星》かあ。なんか運命的だな……」

運命？　いきなり何を言うんだろう、と思わずおうむ返しをしてしまったけれど、留生は「なんでもない」と笑っただけだった。

「じゃあ、留生のはなんだった？」

「僕は、これ」

留生のカードには《旅》と書かれていた。

「うわあ、難しそう」

正直な感想を告げると、彼は「そうでもないよ」と首を傾げた。

「僕的にはむしろいちばん書きやすいかも」

「そうなの？」

「うん。このカード見て、すぐ書くこと思いついたんだ」

留生が書こうとしているのは、一体どんな物語なんだろう。気になるけれど、「自分が書き終わるまでは人のものを読んだり聞いたりしないこと」と先生が釘《くぎ》を刺していたので、私は訊ねたい気持ちを抑え込んだ。人のストーリーを先に知ってしまうと、そんなつもりはなくても影響を受けて引きずられて、同じような話になってしまう可能性があるからね、と先生は言っていた。

「……それ、読ませてくれる？」

留生がどんな話を書くのか気になって、思わず訊ねた。彼は一瞬驚いたような顔をして、それから少し考えて、「うん」と笑顔で頷いた。

「うん。千花が読んでくれたら嬉しい」

心から嬉しそうな笑顔で言われて、私なんかに読まれて本当に嬉しいんだろうか、と卑屈に思う気持ちと、そんなことで喜んでくれるならしてあげたい、という気持ちが心の中でせめぎあうような気がした。

留生が原稿用紙に文字を書き込み始めたので、私は本を読むふりをしながら彼について考えを巡らせた。どうして彼は、いつも私に向かってこんなことを言うのだろう。

もしも留生の言動が私に対するものではなく他の女の子に向けられたもので、他人事《ひとごと》として客観的に考えるとすると、好意を持っていると考えるのが自然だと思う。でも、これは私のことだ。醜いあざを持って生まれた根暗な私だ。こんな私に対して、留生のような人が好意を抱くなんてあるわけがない。容姿に恵まれて綺麗な顔をしていて、少し変わってはいるけれど誰とでも気さくに話せる人当たりのいい男の子が、私なんかを好きになるわけがない。

そもそも、好き、という言葉を思うだけでも恥ずかしくて顔から火が出そうだ。私みたいな人間が誰かから好意を持ってもらえるなんてありえない。そんなことを考えるだけでも罪だ。うぬぼれもいいところだ。

「今、絶対、嫌なこと考えてるでしょ」

笑いの滲《にじ》む声で、ふいに留生が言った。いつの間にか手を止めて、こちらを見ていたらしい。

「どんどん顔が下向いていって、どんどん表情が暗くなってたよ。なんか気持ちが沈むようなこと考えてるね」

てっきり課題に集中していると思っていたから、まさかずっと見られていたなんて思わなくて、恥ずかしさにうつむいた。

「別に……普通のこと考えてただけ」

「そう？　ならいいけど」

留生が笑う。その顔を見ていると不思議なことに、ついさっきまで頭を占めていた考えも心を曇《くも》らせていた思いも、霧が晴れるように薄れていく気がした。

留生にはそういうところがある。いつも透き通ったような微笑みを浮かべているからだろうか、人の心をいとも簡単に和らげてしまうような力があると思う。

この前も、ホームルームで遠足のバスの座席について一部の女子たちが揉《も》めて険悪な雰囲気になってしまって、でも留生がふいに立ち上がって『じゃんけんで決めよう、恨みっこなしで』とにこやかに言った瞬間、睨《にら》み合っていた子たち全員が毒気を抜かれたように静まったことがあった。

私には到底できないことだ。私はいつも人を苛立《いらだ》たせたり不愉快にさせてしまうことしかできない。私も留生みたいになれたらいいのに。そんな叶《かな》うはずもない思いが込み上げてきた。

そのときふいに留生が表情を改めて、「あのね」と切り出した。

「これは僕の個人的な意見だけど……」

そんな前置きをして、ひどく真摯《しんし》な眼差しで私を見る。

「君は、本当は、君が思ってるような人じゃないよ」

「……え？」

またわけのわからないことを言い出した、と私は軽く眉根を寄せる。でも、留生の口調がやけに真剣だったので、訊き返すような無粋なことはできなかった。

「千花は自分のことを、きっとすごく……なんて言えばいいかな、低く……だめって評価してるよね」

彼は気を遣って言葉を濁してくれているけれど、私は心の中で大きく頷いていた。もちろんだ。だって私には、高く評価できるような要素がひとつもない。見た目も性格も頭も悪くて、なんの取り柄も、褒められるところもないのだ。だめ人間と思って当然だった。

留生はそんな私を見て目を細め、「でもね」と続ける。

「それは千花が自分自身を誤解してるからだよ」

「誤解……？」

誤解なんてしていると思えない。私のことは私がいちばん知っている。そう思うのに。

「君はまだ本当の自分を知らないんだ」

留生のやけに確信に満ちた口調を聞いていると、なぜか私は何も反論できなかった。

「そのことを、どうか、覚えていてほしい」

優しい微笑みを浮かべながら、留生が祈るように、願うように言った。

今まで生きてきて、こんなふうに私という人間のことを真正面から受け止めて語りかけてくれた人はいなかった。彼の視線も言葉も、今まで私に向けられてきたものたちとは全く違っていた。

彼の視線はいつも優しく包みこむようで、負の感情などかけらもない。

彼の言葉は全《すべ》て私を肯定する意図で、私に伝えるためだけに生み出されたものだ。

彼が本気で私のことを考えてくれているのだと、嫌というほど伝わってくる。彼が何を言おうとしているのかはやっぱりよくわからなかったけれど、私に、私のための言葉を伝えようとしてくれていることだけはわかるのだ。

そう考えるとなんだか恥ずかしく、そして居たたまれなくなってきた。

「……もう、わかったから。私のことはいいから、小説に集中しなよ」

そっぽを向いて告げると、彼は「はーい」とおかしそうに笑って、また原稿用紙に目を落とした。

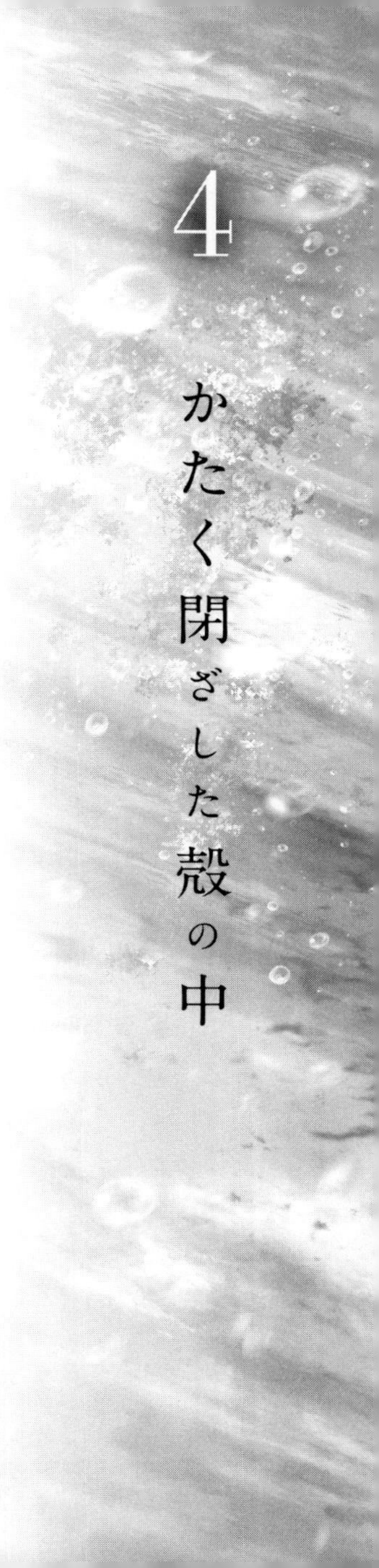

4 かたく閉ざした殻の中

——君の苦しみは全《すべ》て、僕のせいで君に下《くだ》された罰だ。


本日は蔵書点検のため臨時で十七時に閉館します、というアナウンスが流れたので、私たちはまだ明るいうちに図書館をあとにした。

今日はお母さんのパートがない日だ。こんな時間に家に帰ると、また何か理由をつけて叱《しか》られてしまうだろうから、どこかで時間をつぶしてから帰ろうか。

そんなことをぼんやり考えていると、ふいに留生《るい》が、「ノートとシャーペンの芯《しん》を買わなきゃ」

と言い出した。

「このへんだとどこで売ってるかな」

そう訊《たず》ねられて、ふたつ先の駅にある文具店の名前を告げた。このあたりの学生ならみんな知っている店だけれど、留生はどうやら知らないらしく、「へえ」と曖昧《あいまい》な反応をして考え込むような表情を浮かべた。

「私も買いたいものがあるから、一緒に行こうかな」

時間をつぶしたかったこともあり、思いつきでそう言うと、彼はぱっと顔を輝かせた。

「えっ、千花《ちか》、連れてってくれるの？」

ものすごく自分本位な思いつきだったのにやけに嬉《うれ》しそうな反応をされて、なんだか申し訳なくなる。

「うん、まあ……ちょっとわかりにくい場所だし」

「わあ、嬉しい。千花から一緒にって言ってもらえたの初めてだ」

留生は本当に嬉しそうだった。なんで私のことでそんなに喜べるんだろう、とさっきの気持ちが甦《よみがえ》ってくる。

「その駅なら定期も使えるよね。じゃあ、さっそく行こうよ」

今までいちばんうきうきした様子をして、彼は早足で歩き出した。

最寄《もよ》りの駅で電車に乗り、目的の駅に向かう。ちょうど帰宅ラッシュの始まる時間と重なったせいか、車内は空席がなかった。

誰《だれ》かと一緒に電車に乗るのは初めてで、どういう立ち位置を取ればいいのかわからない。悩んだ末に留生から吊《つ》り革ふたつぶん離れたところに立つと、「遠くない?」とくすくす笑われたけれど、だからといって距離を詰めてくることはなかったので少しほっとした。

窓の外を流れていく夕暮れの街並みに目を奪われているふりをしながら、早く着かないかなと思う。学校や図書館で彼の隣にいるのはさすがにもう慣れたけれど、こういういつもと違うシチュエーションはどうにも落ち着かなかった。

もうすぐ目的の駅に着く、というとき、電車がカーブに差しかかり、大きく揺れて傾いた。その拍子に、隣に立っていたスーツ姿の女の人がよろめいて、軽くぶつかってきた。それで私も足許《もと》がぐらつき、こらえきれずに体勢が崩れてしまう。そのまま一歩、二歩と留生のほうへよろけて、彼の胸のあたりにとんっと肩が当たってしまった。

「あっ、ごめん」

慌てて離れようとすると、彼は「気にしないで」と答えながら私の肩にそっと手を当てて、自分の陰に私の身体《からだ》を隠すように移動させた。羽根のように軽い触れ方だったけれど、あまりにも自然で、そしてとても優しくて、なんだか無性に恥ずかしかった。

「危ないからここにいて」

留生が有無を言わせぬ口調で耳許に囁《ささや》きかけてきたので、恥ずかしさもあいまって私は否定することもできず、ただ壊れた人形みたいに頷《うなず》いた。

彼が間近に立っている左側だけが妙にそわそわして落ち着かない。左半身だけ鳥肌が立っているような、細かい針でちくちくと刺されているような。

目のやり場に困って視線を泳がせていると、窓ガラスに並んで映る自分と彼の姿が目に入った。

同じ制服を着て、肩を寄せ合うように立っている高校生の男女。はたから見れば、もしかしてカップルに見えるのだろうか。何気なくそんなことを考えてしまって、とたんに再び羞恥《しゅうち》と自己嫌悪が湧《わ》き上がってきた。こんな顔のくせに、男の子と付き合っているように見えるんじゃないか、なんて考えるだけでも罪深い。恋愛なんて、私と最《もっと》も遠い言葉だ。自分が誰かに好かれているなんて、想像することすら許されない。

吊り革につかまったままうつむくと、ふいに留生がひょいと顔を覗き込んできた。

「また嫌なこと考えてるね」

吸い込まれそうな深い黒の瞳《ひとみ》が、私を映している。まっすぐすぎる視線が胸に突き刺さりそうに痛い。整った顔が至近距離で自分を見ているということを意識すると、こんな醜い顔をまじまじと見られたくないという思いが込み上げてきて、うつむいたまま目を逸《そ》らした。留生がなおも覗き込んできたので、私もさらに彼から顔を背ける。

するとと留生が、ぽつりと呟《つぶや》くように言った。

「千花はいつも下を向いてるね……」

私は思わず肩にかけた鞄《かばん》のひもをぎゅっと握りしめる。上目遣いで窓ガラスをちらりと見ると、綺麗《きれい》な顔が「どうして……」と、聞こえないくらいに小さな声で続けた。その瞬間、かっと頭に血がのぼった。

私の顔を見てわからないのだろうか。陰気くさく下を向いてでも隠して当然だと。男の子にはわからないのだろうか。

「……見ればわかるでしょ。こんな醜いあざ……！」

口に出したとたんに我に返り、激しい後悔に襲われた。なんて卑屈な言い方だろう。こんな台詞《セリフ》、言われた相手がどう返せばいいか困るに決まっている。慰めや励ましを期待しているように思われるのも嫌だった。

謝ろうと慌てて顔を上げると、目が合った。眉間《みけん》にしわが寄り、口許も歪《ゆが》んだひどく苦しそうな表情をしている。なんで留生がそんな顔をするのか。

驚いて口を開いたまま言葉を出せずにいると、彼は痛そうに顔をしかめながら「ごめん」と小さく呟いた。

「ごめんね……」

表情と同じくらい苦しそうな、低くかすれた声だった。私は勢いよく首を横に振る。

「なんで謝るの？　留生が悪いんじゃなくて、私が悪いんだよ。勝手に卑屈になって変な言い方して……」

「そうじゃなくて！」

私の言葉を遮るように、留生が声を荒らげた。いつも穏やかな彼のそんな口調は初めてで、思わず絶句してしまう。

「そうじゃなくて……」

留生は呻《うめ》くように呟いたあと言葉を探すように少し唇を震わせてから、思い直したように長い睫毛《まつげ》を伏せて続けた。

「だって……僕のせいだから」

意味がわからなくて、え、と訊《き》き返したけれど、彼は悲しそうに唇を歪ませただけだった。

「どういう……」

すると彼はまた私の言葉を遮るように「ごめんね」と呟いた。

「……本当に、ごめん」

私は気圧《けお》されて声を失う。そのとき電車が駅に着いた。どちらともなくホームに降り立ち、黙って向かい合う。留生はじっと私のあざのあたりを見つめていた。それからゆっくりと口を開く。

「僕は君のあざを醜いなんて思わないよ」

私は息を呑《の》み、ただ彼を見つめ返す。醜いなんて思わない？　そんなはずない。十六年間見続けてきた私自身でさえ、見るたびに醜さに怖気《おぞけ》が走るのに。

言葉にはしなかったけれど、留生はまるで私の思考を読んだかのように「本当だよ」と言った。

「醜くなんかない。むしろ……」

そう囁いた留生の手が、ゆっくりと私の顔に伸びてくる。

私は反射的に「やめて！」とその手を払いのけた。

「触らないで……」

力なく呟く。自分の劣等感の根源のようなこのあざを、たとえ留生にでも触れられたくはなかった。彼は私を見つめて、小さく「ごめん」と謝った。

留生がどうしてそんなに深刻な顔をしているのか、何をそんなに気に病んでいるのか、なぜ自分のせいだなんて言ったのか、私にはちっともわからない。でも、黙り込んだ頬《ほお》に落ちた睫毛の影を見ていたら、私もそれ以上口を開けなくなってしまった。

そのあと文具店に行って買い物をしたけれど、表面上はいつものように振る舞いながらも、私たちの間にはどことなく気まずい雰囲気が漂っていた。それもあって、用事を終えたら早々に帰途についた。

留生と別れたあと、家までの道を踏みしめるように歩きながら、彼のことを考える。

流れ星のような雨が降っていたあの日、夜の公園の片隅でうずくまっていた私の前に突然現れた、不思議な男の子。

それきり会うこともないと思っていたのに、一ヶ月後、同じ公園でまた出会った。一ヶ月間毎日私が来るのを待っていた、と言っていた。

そして、翌月には突然私の高校の同じクラスに転入してきて、隣の席になった。なぜか一緒に帰ろうと言われ、話し下手《べた》な私に飽きることなく話しかけてきて、いつの間にか一日のほとんどを彼と共に過ごすようになっている。付き合っているわけでもなんでもないのに。

拒否しきれずに流されているけれど、これはおかしな状況だとわかっていた。

正直なところ、留生といるのは心地よかった。彼は他《ほか》の人のように私を蔑《さげす》んだり、逆に不必要に憐《あわ》れんだりすることもなく、とても普通の自然な態度でいてくれる。まるで自分が『普通の人』になったような錯覚に陥ってしまいそうなくらいに。

うまく言葉を返すことはできないけれど、彼と会話をするのは楽しい。留生といるときは、色々な憂鬱《ゆううつ》を忘れて穏やかで優しい時間を過ごすことができる。家にも学校にも居場所がない私にとって、とても大事な時間だ。

でも、留生がただの好意や友情で私と一緒にいてくれているわけではないと、なんとなくわかっていた。

留生は不思議な人だ。言葉は悪いかもしれないけれど、なんだかこの世のものではないような感じがする。怒りとか憎悪とか嫌悪とか嫉妬《しっと》とか、そういう人間らしい黒くて汚い感情とは無縁に生きているような。

それは確かにいいことだとは思うけれど、留生からは、どこか現実味がなくて心許《もと》ないような印象を受ける。ふわふわ宙に浮いて漂っているみたいに現実感が薄くて、その言葉も行動も人と全く違って、私には理解できないものばかりだった。まるで違う次元に生きている人みたいに、つかもうとしてもつかめず、そのうち突然風に吹かれて飛んでいってしまいそう。そんな気がして、見ているとなんとなく不安になってしまうのだ。

一体留生が何を考えているのか、どういう目的で私に近づいてきたのか、どれだけ頭を悩ませてもわからない。

だから私は彼に完全には心を許せないし、許してはいけないと自分に言い聞かせているのだった。

いつものように玄関のドアをひっそりと開け、いつものように足音を忍ばせて二階へ上がる。でも、部屋に入ったとたん、いつもと違う雰囲気を感じた。違和感の正体を探して首を巡らせ、壁際の本棚に目がとまる。そして愕然《がくぜん》とした。

——何もない。本がなくなっていた。

小学校高学年のころから本を読むようになり、お小遣いやお年玉をやりくりしながら少しずつ買い集めてきた本たちが、本棚から一冊もなくなっていた。

足下から崩れ落ちる。しばらく床に座り込んだまま、空っぽになった本棚を見つめて、それから勢いよく立ち上がった。

階段を駆け下りてリビングに入ると、家計簿をつけているお母さんの背中があった。恐る恐る声をかける。

「お、お母さん……」

お母さんはちらりとこちらを見てからまた視線を落とし、「なに」と言った。

「あの、本は?」

うまく声が出ない。震える手をぐっと握りしめて自分を励まし、必死に声を絞り出す。

「私の本……。本棚にあったはずのやつ、全部……ないんだけど」

「捨てたわよ」

お母さんは下を向いたまますらりと答えた。

「え……捨てた……？」

ざっと血の気が引き、視界が暗くなった。衝撃でよろけたけれど、脇《わき》の壁にもたれて何とか体勢を立て直し、かすれた声で「なんで」と訊ねる。するとお母さんが険しい表情で振り向いた。

「成績表、見たわよ」

冷たい声に背筋が凍る。始業式の翌日に行われた実力テストのことだ。どうせお姉ちゃんの成績にしか興味がないだろうと思って、親には見せずに机の引き出しの中にしまっていた。まさか見られるなんて思ってもいなかった。

「なんなの、あの順位は。出来が悪いのは知ってたけど、あの程度のレベルの高校で、三十番以内にも入れないなんて、どういうことよ！」

お母さんが苛立《いらだ》ちをぶつけるように声を荒らげる。

「……ごめんなさい。数学がいつもより点数取れなかったから……」

「本なんか読んでるせいでしょ。そんな暇があったら勉強しなさい。放課後に図書館で勉強してるなんて言ってたけど、どうせさぼって本ばっかり読んでるんじゃないの？」

鋭い眼差《まなざ》しに萎縮《いしゅく》してしまい、とりあえず謝ってこの場を逃《のが》れたくなる。でも、空っぽの本棚が頭に浮かんで、私の口を押し開けた。

「……でも、テスト前はちゃんと勉強したよ……。本のせいじゃなくて、ただ実力不足だっただただけだから、……だから本を捨てるのは……」

「口答えしないで!!」

ヒステリックな叫び声に、私の決死の言葉は遮られた。

お母さんが怒る声を聞くと、いつも頭が真っ白になって冷や汗が出てきて身体が硬直し、喉《のど》が締まったように声が出なくなる。

黙り込んだ私を、お母さんがぎろりと睨《にら》みつける。

「あなたの成績が悪いと、お母さんまでお父さんから悪く言われるの！　家にいるくせにまともに子どものしつけもできないのかって！」

「あ……」

「全部リサイクル業者に回収してもらったから、もうどうにもならないわよ。諦《あきら》めなさい！　お母さん忙しいんだから邪魔しないで!!」

叩《たた》きつけるように言われて、私はもうそれ以上食い下がる気力もなく、そっとリビングを出た。

でも、階段を一歩一歩のぼるにつれて、怒りが湧き上がってきた。

どうして勝手に私のものを捨てたりするの。いくら親だからってそんな資格ないはずでしょ。どうしたって直接ぶつけることなんてできない思いが、身体の中で渦《うず》巻いて暴れ狂っている。

部屋に入り、感情に任せて勢いよくドアを閉めると、思いのほか大きな音が鳴って驚いた。それで少し気持ちが萎《しぼ》んで、よろよろとベッドに座り込む。

すると、コンコンとノックの音がした。お母さんが怒って文句を言いに来たのかと思って縮こまっていたら、ドアを開けたのはお姉ちゃんだった。部屋の入り口に立ってこちらを見ている。

「どうしたの、大きい音出して。なんかあったの？」

お姉ちゃんが隣の部屋にいたことに気がついていなかった。ドアを閉める音で勉強の邪魔をしてしまったのだ。私はうつむいて「ごめん」と小さく頭を下げる。

「ごめん……これから気をつける」

お姉ちゃんが、はあっとため息を吐き出した。

「そういうこと言ってるんじゃなくてさあ……」

呆《あき》れたように言われて、肩が震える。お姉ちゃんの機嫌まで損ねてしまった。これ以上嫌われたらどうすればいいかわからない。ごめん、と呟いたけれど声はかすれてしまった。

「だから謝らなくていいって。それより、大丈夫なの？　またお母さんに怒られてたの？　なんで？」

理由を問いただされてお姉ちゃんにまで怒られるのはごめんだった。怒られるというより、たぶん呆れられる。どうして私みたいに勉強ができないの、と。どうしてこんなのが私の妹なんだろう、とうんざりされる。わかっているから、何も言いたくなかった。

「ごめん、本当ごめん」

私は何度も謝りながら立ち上がり、うつむいたままばたんとドアを閉めた。ドアの向こうでお姉ちゃんがまたため息をついて、部屋に戻っていった。

「どうしたの、何かあった？」

翌朝、席に着いた私を見た留生は、開口一番《かいこういちばん》そう言った。

「別に……なんで？」

「なんとなく元気がないというか、疲れてる感じがするから」

私が暗いのはいつものことでしょ、と言い返したくなったけれど、面倒で口を閉ざした。

本を勝手に捨てられたショックは自分で思っていたよりもずっと大きかったようで、ゆうべはほとんど眠れなかった。そのせいで、今朝洗面所の鏡に映った顔は、もともとただでさえ醜いのに、さらに輪をかけてひどくなっていた。たぶん留生にもそれがわかったのだろう。

下を向いて髪で顔を隠すようにしながら教材を出す。いつものように彼の話に相づちを打ったり、笑みを浮かべたりするのはひどく難しい気がして、話しかけられないように予防線を張ったつもりだった。

留生はやっぱり何か言いたそうにこちらを見ていたけれど、結局は何も言わずに黙っていてくれた。

休み時間、私は用を足すために教室を出た。トイレの中に入ろうとしたとき、中から「わかるー！」と甲高い声が聞こえてきた。クラスの女子たちの声だった。

あ、なんかやばい感じだな、と直感する。思わず足が止まってしまい、入り口で立ちすくんだ。

「なんなんだろうね、付き合ってんのかな？」

「そうなんじゃない？　だって毎日ずっとふたりでしゃべってるし、帰りも一緒でしょ」

「まあそっか。なんか……あれだよね」

胸が早鐘を打ち、どくどくと耳の裏あたりが脈打つ音がする。嫌な予感がした。自意識過剰かもしれないけれど、これはもしかして、私たちの話なんじゃないか。

「なんか、不気味？　って言ったらあれだけどさ」

「あー、藤野《ふじの》さん？」

やっぱり、と背筋が寒くなった。嫌な予感は当たるものだ。

「こんなこと言ったら可哀想《かわいそう》だけどさあ、あのあざ、やばいよね。ちょっと怖いよね」

「わかるー。なんなんだろうね、ちっちゃいころの怪我《けが》とか？」

「どうなんだろ。でもさ、申し訳ないけど、正直めっちゃ気持ち悪くて直視できない」

それは私がいちばんわかってる、と叫びたくなった。この顔をいちばん気味悪く思っているのは、直視できずに目を逸らしているのは、私だ。

ただ、こういう陰口なら身内でも学校でも言われ慣れていたから、『またか』というため息とともに聞き流すことができた。でも、次の言葉が耳に入ってきた瞬間、心臓が凍った。

「でもさ、なんか、あんな顔のわりに最近ちょっと調子乗っちゃってるよね」

全身の血が一気に頭にのぼって、それから一気に足下へと引いていく感じがした。恐れていたことがとうとう起こってしまった、と痛いほどにわかる。

「あー、それね。転校生と付き合えて嬉しいのはわかるけどさ、見せびらかすみたいに四六時中《しろくじちゅう》べたべたしちゃって、ちょっとうざいよね」

「あはは。まあまあ、そんなに言ったら可哀想じゃん。あんな顔してるから恋愛とか縁なかったんでしょ。初彼できて嬉しいから自慢したいんだよ、わかってあげなって」

「めっちゃ上から目線じゃん、うける」

「ま、確かに可哀想だけどね。自分はああいうのなくてよかったーと思うわ」

「ほんとそれ。うちら恵まれてるよね」

「下には下がいるってやつ？」

「あはは、ひどーい」

「あんたもそう思ってるでしょー」

無責任な嘲笑《ちょうしょう》が矢のように鋭い形になって次々に飛んでくる。よく知りもしない人たちからの悪意の塊に全身を突き刺されて蜂《はち》の巣になった私は、ただそこに立っていることしかできない。

「あんなでっかいあざとかさ、正直、あの顔って時点ですでに人生終わってるって感じだよね。まじ憐れだわー」

「男ならまだいいけどねー、女であれはきついわ」

「せめて勉強できるとか性格明るいとかなら救われるのにね」

「やー、無理でしょ。明るくなれないってあれじゃ」

「就職とかもなさそうだよねー、かわいそ」

「じゃあ、奇跡的に彼氏できてテンション上がっちゃってるのくらい大目に見てあげなきゃね」

彼女たちは楽しそうに馬鹿《ばか》みたいな笑い声をトイレに響かせていた。

憐れみを笠《かさ》に着た蔑み。同情のふりをした侮辱《ぶじょく》。吐きそうだった。口許を押さえながら、覚束ない足どりで教室のほうへ歩き出す。

やっぱり留生と行動を共にしたりしなければよかった、と激しい後悔が込み上げてきた。他の人たちは男女それぞれのグループで動いているのに、私と留生だけはどこのグループにも属さず、ふたりで行動していた。悪目立ちして当然だ。

失敗した、とどうしようもない絶望感に包まれた。

今までずっと息を殺して生きてきたのに、まさかこんなところでつまずいてしまうなんて。

透明人間のように誰にも見られることなくひっそりと生きてきたのに、とうとう気づかれてしまった。

私はクラスの中で『空気未満の存在』ではなくなってしまった。『いるのにいない存在』ではなくなってしまったのだ。

こうなったらもう終わりだ。私という存在を認識されてしまったが最後、『疎《うと》ましい存在』として悪意ある視線にさらされてしまう。突然姿を現してしまった醜い透明人間は、容赦なく弾劾され除外される運命にある。同じ孤立でも、自ら存在を消しているのと、他人から排斥されるのとでは、天と地ほどの違いがあるのだ。

目の前が真っ暗で、頭の中は真っ白で、ほとんど無意識のうちに教室にたどり着いた。

席に向かうと留生が何か声をかけてきたけれど、聞こえない。どっと椅子《いす》に腰かけると、「千花？」と心配そうに覗き込んできた。私はうまく言葉が出てこずに黙り込む。

そのときちょうどトイレで噂話《うわさ》に興じていた彼女たちが戻ってくるのが見えた。はっと我に返って、この状況を見られてはいけないと気づく。

ぱっと隣に顔を向けて、なるべく淡々と告げた。

「ごめん。もう話しかけないで」

留生は驚いたように目を見張り、「なんで？」と訊ね返してくる。私はその顔から目を逸らして前に向き直り、「なんでも」と小さく呟いて、それから一度も彼のほうを見なかった。見れなかった。


「千花」

帰りのホームルームが終わると同時にうつむいたまま立ち上がり、そのまま教室を出ようとした私を、留生が追いかけてきた。

「ねえ、千花」

「………」

私は何も答えず、彼を無視して自分の足下だけを見つめながら廊下を歩く。ぱたぱたと追ってくる足音はそれでもやまない。

「どうして……」

どうして無視するの、と問い詰めたいんだろうけれど、優しい彼はそこで口をつぐむ。そのまま諦めてくれればいいのに、と思いながら私は唇を引き結んで歩き続けた。

「ごめん……ごめんね」

背後から切なげな声で謝られて、さすがにだんまりを決め込んでいるのが申し訳なくなる。周囲に目を走らせて、クラスの人が近くにいないことを確認してから振り向いた。

「なんで謝るの……」

訊ねると、留生は少しほっとしたように、硬かった表情を和らげた。

「僕が何か気に障ることしたのかなと思って」

私は「違うよ」と首を振って否定する。

「留生が悪いわけじゃなくて……私の問題だから」

「それなら一緒に帰ろう」

「それは……無理。もう一緒に行動するのはやめにしよう」

「でも……」

なおも食い下がってくる留生に、とうとう私は感情的な声を上げてしまった。

「留生と一緒にいると、私が嫌な思いするの！」

口に出してしまってから、慌てて彼の顔を見る。傷つけてしまった、と思ったけれど、留生は一瞬目を見張ったあとに、すっと全ての感情が凪《な》いだような表情になった。

「ごめん……それでも、僕は君から――」

離れられない、と囁くように彼は言った。

「あと少しだから。もうすぐ終わるから。だから、もう少しの間だけ、僕を切り離さないでいて」

その表情の、冷たいほどの静かさに、ぞくりと寒気が走る。

「もう少しだけ……」

最後は懇願するように留生が言った。私は声を失い、呆然《ぼうぜん》と彼を見つめ返すことしかできなかった。

5　忘れ去られた森の奥

――だから僕は、君からもらったものを返してあげたい。


「なんなんだよ、この手抜き弁当は！」

朝から家の中に響き渡るお父さんの怒鳴り声。私は歯磨きをしていた手を思わず止めた。

「冷凍食品なんか使いやがって！　こんな恥ずかしい弁当を会社で広げろって言うのか？　俺《おれ》がどんな目で見られるか少し考えればわかるだろう！　なんで主婦のくせに弁当もまともに作れないんだ!!」

どうやら今日はひときわ機嫌が悪いらしい。お酒が入っていないときはいつも無口なのに、とめどなくお母さんに怒鳴り続けている。昨日の夜はずいぶん遅くに泥酔状態で帰ってきたようだから、もしかしたらまだ酔いが残っているのかもしれない。

「パートを言い訳にするな!!」

お母さんが何か反論をしたらしく、お父さんの声がさらに苛立《いらだ》ちの色を増した。

「お前がどうしてもって言うから仕方なく認めてやってるんだぞ！　これ見よがしに働きになんか出やがって、まるで俺の稼ぎが足りないって近所に言いふらしてるようなもんじゃないか！　俺はそれも我慢してやってるんだ！　なのに家事がおろそかになるんだったらパートなんかやめろ、今すぐ店に電話しろ!!」

重いため息が唇を湿らせる。朝からこんな高圧的な怒鳴り声を聞かされる娘の身にもなってほしい。

しばらくしてリビングが静かになり、玄関を勢いよく閉める大きな音がした。やっとお父さんが出勤したのだ。

そろりと洗面所を出て台所を覗《のぞ》くと、お母さんがいつもより大きな音を立てながら皿を洗っていた。その顔はきつく歪《ゆが》んでいる。

お母さんはいつもそうだ。お父さんに理不尽に怒鳴られたあとはひどく悔しそうで苛々《いらいら》している。怒られている最中には黙って頷《うなず》いているかひたすら謝るか、蚊の鳴くような声で弱々しく反論するだけなのに。そしてやり場のない悔しさや苛立ちをぶつけるかのように私を激しく叱《しか》るのだ。お父さんと揉《も》めるたびに八つ当たりされるのが耐えられなくて、「そんなに喧嘩《けんか》ばっかりするなら離婚すればいいのに」と前に言ったことがある。でもお母さんは火を噴きそうなほど怒って、「簡単に言わないでよ！　あんたたちがいるから我慢してやってるんでしょ！」と怒鳴られてしまった。

それ以来、両親の関係についてはもう何も言わないことにしている。何を言っても無駄だ。ため息を呑《の》み込みながら、お母さんに気づかれないようにそっと家を出た。

お母さんとは、勝手に本を捨てられたあの日以来、一度も話していない。いつもはどんなに叱られても怒られても黙って受け入れていたけれど、今回だけはどうしても許せなかった。たぶん無理だと思うけれど、向こうから謝ってもらえるまで口をききたくない。

暗い沼がふつふつと泡立つような怒りを必死に抑えながら歩いていると、角を曲がったあたりで遠くに留生《るい》がいるのが見えた。またいるのか、と思いつつ、視線も声も送らずに横をすり抜ける。彼は黙って私の後ろを歩き出した。

彼をつっぱねた日の翌朝、家を出ると彼が近所で私の来るのを待っていた。「申し訳ないけど、本当にもう留生とは一緒に行動したくない」と告げたのに、それでも毎日やってくるのだ。仕方なく私は、申し訳ないと思いつつも無視する形になっている。だって、どこで誰《だれ》が見ているかわからない。もう二度とあんな目には遭いたくなかった。

空はどんよりと曇《くも》っていた。分厚い雲が青空を覆い隠し、太陽を翳《かげ》らせる。世界には光も影もなくなって、ただぼんやりとした灰色に沈む。

留生と話さなくなってから一週間が経《た》っていた。私は前と同じように、学校にいても一日中口を開くことなく、誰とも目さえ合わせない。何ものにも心を乱されなくて済む平穏。

それでも留生は、私が彼を見ることも言葉を交わすこともしないにもかかわらず、なぜか私の周りにいるのをやめなかった。朝は少し離れたところから私の後をついてきて、学校でもずっと私の視界の端にいて、帰りも相変わらず図書館までついてきて五つほど離れたテーブルに何をするでもなく座っている。そして私が家に入るところまで見届けて、黙って去っていく。

とにかく一日中私の目の届く範囲内にいる。でも、だからといって話しかけてくるようなことは決してない。ただひたすら同じ空間にいるだけ。

そんな彼の姿を見ていると、忘れていたストーカー疑惑が再燃してきた。やっぱり何が目的なのかはわからないけれど、彼はこのままずっと私につきまとうつもりらしいのだ。

ただ、私が留生と直接的に行動を共にしたり、至近距離にいたり会話をしたりしなくなったからか、クラスの女子からの視線は気にならなくなった。また以前のように私のことは『見えるけれど見えない人』という枠に入れてくれたようだった。

私は再び『空気未満の存在』としての生活に戻ることができたのだ。

「おーい、日本史係の人、ノート返却しといて」

教室の後ろのドアから先生の声がして、ぼんやりと窓の外を見ていた私は我に返った。日本史の提出物係は私だ。

はい、と答えようとして、喉《のど》がからからに渇いたときのようにうまく声が出ないことに気がついた。

そういえばいつから声を出していないっけ、と考えて、三日前の古典の授業で指名されたときに『形容動詞です』と答えて以来、誰とも話していないことに思い当たる。

家の雰囲気は以前よりもさらに悪くなっていて、お父さんは日付が変わるころに酔っぱらって帰ってきて暴れてすぐに寝るし、お母さんはずっとヒステリーが続いていて、そういうときはちょっとしたことで怒るし、本のこともあるので話しかけたくもない。お姉ちゃんは塾が終わったあとも自習室にこもって勉強しているらしく十一時ごろまで帰ってこない。

だから私は家でも学校でも誰とも話さないし、話す必要もない状況になっているのだ。

留生がいないとこうなってしまうのか、と思った。今まで彼が、うまく受け答えできない私に呆《あき》れることなく何度も何度も話しかけてくれていたからこそ、私は声を出していたのだ。

家でも学校でも誰とも口をきかない。それは今までの私にとって『普通の状態』だったはずなのに、でも、なんでだろう、今はそのことを妙に虚《むな》しく感じる。私は留生と一緒に過ごすようになったことで、誰かと関わりを持ち、何気ない会話をするということの楽しさを知ってしまったのかもしれない。

でも、そんなものは知りたくなかった。知らなければ今まで通り、波ひとつない水面のように穏やかで静かな日々を送ることができたはずなのに。一生それでよかったはずなのに。なぜか今は、それをひどく空虚に感じてしまう自分がいるのだ。

体育館へと向かう廊下を埋め尽くす生徒たちの波に乗り、ぼんやりと歩いていく。左から押されれば右に流れ、右から押し返されれば左によろめく私は、まるで櫓《ろ》を失って力なく荒波に揉《も》まれるぼろぼろの小舟のようだった。

窓の向こうに見える空は、どんよりと暗い。空を覆い隠すように垂れ込めている濃い灰色の雲は、たっぷりと水分を蓄えて今にも落ちてきそうなほどに重たげだった。

今日の六時間目は、体育館で集会が行われることになっていた。何かの講演があるらしい。ぼんやりしていて担任の話をあまり聞いていなかったので、内容はよくわからない。

人波でごちゃつくグリーンマットの隙間《すきま》をなんとか見つけて、体育館シューズに履き替えて中に入る。自分のクラスの列を見つけて床に座ると、しばらくして留生もやってきて前のほうで腰を下ろした。また私の後をついてきていたのだろう。ふっと息が洩《も》れた。

全校集会は苦手だ。クラスの人たちは私のあざを見慣れているけれど、他《ほか》のクラスの人や上級生はあからさまにちらちら見てくる。中には、初めて私を見て驚いたように目を丸くしたあと、じろじろ視線を送ってくる人もいる。だから私はいつも、なるべく目立たないように身体《からだ》を丸めて、髪の毛の檻《おり》の中に顔を隠すようにしてうずくまる。

周囲の喧騒《けんそう》を耳だけで聞きながらじっと待っていると、チャイムが鳴ってざわめきがすっと引いていった。司会の先生がマイクを持って「一同、礼」と号令をかける。私はうつむいたまま小さく頭を下げた。

「えー、それでは、今日の講師の先生を紹介します」

みんながぱちぱちと拍手をする。マイクが講師に手渡されたようで、スピーカーから響いてくる声が年配の女性のものに変わった。

「皆さん、こんにちは。『こころの健康相談センター』という機関で働いている臨床心理士の中《なか》村《むら》といいます。うちのセンターでは……」

こころの健康、という言葉に無意識に目を上げる。講師の女性の後ろにはスクリーンが下ろされていて、『自分の命を守るために』という講演タイトルが映し出されていた。ちりっと胸が焼けるような感覚を覚える。

「……というように、電話や面談を通して、悩みを抱えている人たちの話を聞いてサポートをする仕事をしています。今日は皆さんに、私がこの仕事をしている中で出会った、ある女の子の話をしようと思います。まずは今から配布するプリントを読んでください」

前から紙が回ってきた。そこに書かれていたのは、『A』という女の子のエピソード。

小さいころから家族とうまくいっていなくて、自分は必要とされていないと感じていた。学校でも友人関係のこじれから孤立してしまい、どんどん精神的に不安定になっていった。どこにも居場所がなくて当てもなく街をさまようようになり、悪い仲間ができて非行に走ったりもした。

そして最終的に、睡眠薬を大量に飲んだりカッターで手首を切ったりと何度も自殺未遂を繰り返していたことから、学校の紹介で相談センターの職員とつながり、カウンセリングなどの支援を行った。

読んでいる最中、まわりの生徒は「怖いね」などと顔を見合わせたりしていたけれど、私はすぐに『これは私の話だ』と思った。私は少女Aの気持ちが痛いほどにわかる。

「皆さん、読み終わりましたか」

講師の女性が静かに口を開いた。深海からゆっくりと浮上するように思考が現実に戻ってくる。

「Aちゃんは結局……自分で自分の命を絶ってしまいました」

彼女は涙声で言った。生徒たちがショックを受けたような声を上げる。

「Aちゃんのことについて、あなたはどう思いますか」

講師が最前列に座っていた生徒を指して質問を投げかけた。

「死んじゃったら終わりだし、家族も悲しむから、自殺はしちゃいけないと思います」

いかにもクラスの中心グループにいそうな感じの明るく活発な印象の男子が答える。最前列にいるということは、学級委員長ということだ。

彼は満たされて生きてきたんだな、と思った。容姿に恵まれ、きっと頭も性格もよくて、家族に愛されて、たくさんの似たタイプの友達に囲まれて、幸せに生きてきたのだろう。死にたくなるほどに孤独だった少女Aの気持ちは、彼にはきっと一生わからない。

「そうです、その通りです」

講師が大きく頷いた。

「死んでしまったら、そこで全《すべ》てが終わってしまいます。嫌なことは確かになくなるけれど、代わりにいいことまでなくなってしまうんですね」

ふ、と苦い笑いが洩れた。この人わかってないな、と思う。

「この中にも、死にたい、死んでもいいと思っている子がいるかもしれません。でもね、ひとつだけ覚えていてほしいんです」

私は目を上げて前髪の隙間から彼女を見つめる。切なげに眉《まゆ》をひそめながらも、慈愛に満ちた微笑《ほほえ》みを貼《は》りつけたような顔をしていた。

「今がいくらつらくても、生きていればいつか必ずいいことがあります。世界は広い。学校という狭い世界を出たら、外には大きな大きな世界が広がっています。そこは楽しいことや嬉《うれ》しいことで溢《あふ》れているんです」

聞くのが苦痛になってきた。本当に、この人は、なんにもわかっていない。

「忘れないでくださいね。あなたが死んだら悲しむ人がいます。絶対にいます。ご家族、お友達、学校の先生、みんな大きなショックを受けて、泣きます。どうか、あなたを大切に思っている人たちを悲しませないでください。そして、あなたを必要としている人も必ずいます。将来きっとどこかで出会うはずです。自殺なんてしてはいけません。だって、あなたが死んでしまったら、いつか出会ってあなたに救われるはずだったその人が可哀想《かわいそう》でしょう。だから、あなたたちは死んではいけないんです」

そんなはずないでしょ、と声を上げて反論したいくらいだった。

私は膝《ひざ》を抱えて顔をうずめ、どうにもならない思いを必死に噛《か》み殺した。

なんでこんなに息苦しいんだろう。

帰り道、とうとう重さに堪《た》えきれなくなったように雨粒を落とし始めた暗い雲を見上げながら思う。

昔からそうだったけれど、ここのところ前にも増して苦しくて仕方がない。家で自分の部屋にこもっていても、教室の片隅で本に目を落としていても、いつも心が波立っている。今までは、気配を消して耳を塞《ふさ》いで口をつぐんでいれば、まるで固く閉ざされた貝殻の中にいるように外界の何ものからも刺激を受けることなく、波ひとつ立たない無音の平穏に包まれることができていたのに。今はどうしてだろう、うまく息をすることができなくて、いつも空気を求めてあがいているような気持ちになるのだ。

少女Aの話が頭から離れなかった。家族に疎《うと》まれて、友達もいなくて、誰からも必要とされていなかった彼女は、だから、死んだっていいと思ったのだ。死にたい、死んだほうがいいと思ったのだ。痛いほどに彼女の気持ちがわかった。

私も同じだ。私って本当に生きてる意味ないな、と最近よく思う。感傷的になっているとかではなく、客観的に考えてそうなのだ。

そしてそれはたぶん、これからどれだけ生きたとしても、きっとずっと同じだ。大人《おとな》になっても、おばあちゃんになっても、私が無価値な存在であることは変わらない。

私は今すぐに死んだとしても何ひとつ後悔なんてしないし、私が死んでも誰も困らない。

自分には居場所がない。自分には存在価値がない。生きている意味がない。いつだってそう思っている。そしてきっと彼女も同じだったのだ。

彼女の自殺を知った生徒たちの同情と憐憫《れんびん》の声の渦《うず》の中で、あのとき私はひとり違う感情を抱いていた。それは激しい共感だった。

死んでしまって可哀想だという気持ちはもちろんある。でもそれと同時に、目から鱗《うろこ》が落ちたような感覚に包まれた。『そうか、私の境遇は自殺をしてもいいくらいのものなんだ』。そう思ったのだ。

私は普通の人に比べて過酷な環境で生きてきたのだと初めて思い知った。そして、そのことを悲しみ、絶望してもいいのだということも。

『生きていればいつか必ずいいことがある』と言った講師の声が鼓膜に甦《よみがえ》った。どうしてあんなことが言いきれるんだろう。あまりにも無知だし、無神経だと思った。世の中には、一生不幸なまま死んでいく人なんてごまんといるのに。あの人は私にも、私のこの顔を見ても、面と向かって『あなたにもいつか必ずいいことがある』と言えるのだろうか。

それに、いつか万が一楽しいことや嬉しいことが訪れるかもしれないとしても、今まさに死にたいほどつらい思いをしている人にとっては、そんなことはなんの救いにもならない。『いつかいいことがあるから、今は苦しいけど耐えよう』なんて思えるわけがない。いつか訪れる『楽しいこと』のために我慢できるような痛みなら、そんなに苦しんでいない。

とにかく今現在の苦しみから逃《のが》れたいのだ。今まさに降りかかっている雨をなんとかしたいのだ。どしゃ降りの雨に降られて全身ずぶ濡《ぬ》れになって震えている人に、『いつか必ず晴れるから、今はどんなにびしょ濡れになっても大丈夫』なんて慰めが通用するわけがない。

私が死んだって、本当に心から悲しむ人なんてひとりもいない。そんなに深い付き合いをした人なんてひとりもいない。お父さんもお母さんもお姉ちゃんも、家の恥さらしである私が死んで喜びはしても、悲しむことは絶対にないだろう。

私みたいな人間が誰かに必要とされるわけがない。ましてや誰かを救うことなんてなおさらできるわけがない。

恵まれない人間の気持ちなんてわからないくせに、満たされているくせに、幸せに生きてきたくせに、何もわかってないくせに、知ったような口きかないで。彼女に怒ったって仕方がないとわかっていたけれど、やり場のない激しい感情が私の中で渦巻いていた。

傘《かさ》の柄を握りしめ、うつむいて機械的に足を動かし続ける。するといつの間にか駅に着いていて、私は人の流れに乗って改札に向かった。

そのとき、斜め後ろからすごい勢いで駆け込んできたサラリーマンにぶつかられて、衝撃でよろけてしまった。体勢を立て直せず、そのまま地面に倒れ込む。

駅の改札前に敷き詰められたタイルは、たくさんの靴の裏に染み込んで連れてこられた雨のせいで、全面水浸しになっていた。尻《しり》もちをついた私のスカートも脚も靴下も、当然びしょ濡れだ。寒気が足下からじわじわと這《は》い上がってくる。

ぺたりと座り込んだまま、私は目の前を行き交う数えきれない人々をぼんやりと眺める。

こんなにたくさんの人がいるのに、誰ひとり私を見ない。私はまるで、見えない境界に囲まれた場所にいる、彼らとは違う次元を生きている人間のようだ。

空気が足りなくなってきて、浅い呼吸を繰り返す。どれだけ息を吸っても苦しさは少しも解消されない。自分の呼吸音が鼓膜の内側でこだまして、ひどく耳障りだった。

誰も私の存在に気づかない。誰も私を必要となんかしていない。当然だ、だって私には存在価値も、生きている意味もないのだから。

それなら別に、私なんて、もう――。

「千花《ちか》」

突然降ってきた声に、考えを遮られた。ゆっくりと首を巡らせる。視線がとらえたのは、留生だった。

「どうしたの、大丈夫？」

急に思考を現実に引き戻されて、頭がついていかない。

私の横に立った彼は、自分のズボンが濡れるのもかまわずに迷いなく膝をついて、顔を覗き込んでくる。

「転んだの？　怪我《けが》はない？」

ぼんやりした頭で、留生の声を聞いたのは久しぶりだな、と思った。

「……大丈夫。よろけて尻もちついちゃっただけ。怪我もしてない」

ぼそぼそと答えると、「よかった」と彼は笑った。

深い深い海の底に、一筋の光が射《さ》した。そんな幻覚に包まれる。

「ここだと危ないから、とりあえず移動しよう。立てる？」

「……うん」

私は留生に支えられながらゆっくりと腰を上げた。導かれるままに、人通りのない公衆電話の脇《わき》に行く。

「何もなくてよかった」

彼は柔らかく微笑んで言った。

心の荒波がおさまり、頭の中で絡み合っていた糸がほどけて、胸のあたりがじんと温かくなる。

「……どうして」

かすれた声が唇から洩れた。

「留生は、どうして、私なんかを追いかけてくるの。どうして優しくしてくれるの」

ほとんど無意識のうちに訊《たず》ねていた。

ずっと不思議に思っていたけれど、口に出せなかった疑問だった。留生は初めて会ったときからずっと私の近くを離れずにいてくれる。そして私なんかに優しく微笑みかけてくれる。そんな人には会ったことがなかった。

誰にも見えない、誰にも気づかれない透明人間みたいな私を、彼だけが見つけて、声をかけてくれる。心底不思議だった。

「どうして留生は私のそばにいてくれるの……？」

前髪の隙間から窺《うかが》うように彼を見上げる。答えを知りたいような、知るのが怖いような、緊張と高揚の入り混じった複雑な気持ちだ。

留生は意表を突かれたようにかすかに目を見張った。それからゆっくりと三つ瞬きをする。

「それは……」

言いかけて、口をつぐむ。少し目を伏せ、考えるようなそぶりをしてから、彼はまた目を上げてゆっくりと口を開いた。私ははやる胸を押さえながら答えを待つ。

「……義務、だから」

耳を疑った。義務、と言ったのだろうか。聞き間違えではなく？

まさかそんな単語が返ってくるとは微塵《みじん》も考えていなかったので、私は唖然《あぜん》として彼を凝視する。

「……え？　義務……？」

「そう、義務。僕には君を守る義務がある」

かっと頭に血がのぼった。心臓が嫌な感じで脈打っている。

何それ、という口に出せない叫びが胸の中で暴れていた。義務ってどういうこと？　本当は私なんかと一緒にいたくないけど、何か理由があって、義務的にそばにいるだけってこと？　意味がわからない。

自分がショックを受けているという事実に、自嘲《じちょう》的な笑みが洩れた。そうだ、私は心のどこかで期待していたのだ。彼が私への好意をにおわすような答えをくれることを。

何を調子に乗っていたんだろう、私は。『君のことが好きだから追いかけるんだ』とでも言ってもらえると思っていたんだろうか。愚かすぎて笑える。こんな人間が、人並みに誰かに好きになってもらえるなんて、どうして思えたんだろう。

これ以上ないくらいにうつむく。もう顔が上げられなかった。こんなにひどい勘違いをして思い上がっていた顔を見られたくない。

「千花……？　大丈夫？」

留生の手がそっと肩に触れてきた。反射的にそれを振り払う。

「やめて」

下を向いたまま低く言うと、小さく息を呑む音が聞こえた。

「もう私に近づかないで。義務だかなんだか知らないけど、追いかけ回すのもやめて。本当にやめて、無理だから、気持ち悪いから」

私の持てる最大限の語彙《ごい》を使って、傷つける言葉を選んで告げた。

もう二度と私に接触してほしくなかった。もう二度と期待したくなかった。期待して裏切られることがこんなにもつらいとは思わなかった。


週末はいつも憂鬱《ゆううつ》だ。お父さんの仕事が休みで家にいて、昼間から怒鳴り声が響き渡る。お母さんはお父さんに怒られて不機嫌になり、八つ当たりしてくる。家にいてもろくなことがない。

だからいつもは図書館に行っているのだけれど、今日は休館日だからどこにも逃げ場がなかった。しかもゴールデンウィークに入ってしまったので、外はどこもすごい人出だろうなと思うと、安易に外出してぶらぶらする気にもなれない。

階下からはいつものようにお父さんの怒鳴り声が聞こえてきていた。お母さんはわざと大きな音を立てながら皿を洗っている。

頭の中を暴れ回る音で思考がかき乱される。うるさいうるさいうるさい。頭がおかしくなりそうだ。

耐えきれなくなって、やっぱりここにいるのは無理だ、と私は家を飛び出した。あてもなく思いつきのままに街を歩き回る。

どれくらい時間が経ったのだろう。気がついたら、ほとんど来たことのないあたりまで来ていた。何度か車で通りかかったことがあるくらいで、自分の足で歩くとまるで知らない場所だった。

さまようようにふらふらと歩いていたとき、小さな写真屋の前を通りかかって、サンプルの写真が飾られたショーウィンドウのガラスに映った自分が目に入った。よれた部屋着にサンダルを履いて鞄《かばん》も持たず、財布や携帯電話さえ持っていない、昼間の街にいるにはあまりにも違和感のある姿。

あたりには多くはないものの何人かの人が歩いている。このままここにいると悪目立ちしてしまうかもしれないと思い、たくさんの人がいる場所なら大丈夫だろうと考えて、車の音が聞こえてくるほうへと足を向けた。

しばらく歩くと、人通りの多い場所にたどり着いた。これだけ多くの人がいれば、逆に少しくらい不自然な格好の人間がいても特別に注意は払われないだろう。

定休日のプレートがかかっている店の前に腰を下ろし、膝を抱える。目の前を通りすぎていく人や車を前髪の隙間から眺めていると、まるで水槽《すいそう》の底からガラスの向こうで繰り広げられる人々の営みを観察している金魚になったような気持ちがした。

ただぼんやりと時間の過ぎるのを待っているうちに、太陽の角度が鋭くなっていき、街が淡い黄色に染まり始めた。ふいに空腹を覚えて、今朝から何も口にしていないことに気がつく。

そういえば前にもこんなことがあったな、と考えて、あれは留生と初めて会った夜のことだったと思い出した。

冬の雨の夜で、光る雫《しずく》がまるで流れ星のように降り注いで、私は公園の片隅で寒さと空腹に縮こまっていた。ふと気づくと雨を遮るようにビニール傘が差しかけられていて、見上げると夢のように綺麗《きれい》な見知らぬ男の子が私を見て微笑んでいた。

初めて会ったはずなのに、彼は『やっと見つけた』、『遅くなってごめん』とわけのわからないことを言っていた。気味が悪かった。それでも、これまで長い間ずっと夜の闇《やみ》の中で雨に濡れて凍えていた私に、あんなにも優しく柔らかく笑いかけてくれた人は、留生が初めてだった。彼が私を気にかけてくれる理由はわからないけれど、私にとって唯一の救いの光だったのは真実だ。

それなのに私はわざと留生を傷つけるようなひどい言葉を投げつけて、決定的に遠ざけた。あの日以来、彼は私に近づいてこなくなった。時々視線は感じるけれど、話しかけてくることはないし、私に見える範囲では追いかけてくることもない。

ぽっかりと穴が開いたようだった。でも、それは自業自得《じごうじとく》だ。勝手に期待して、勝手に浮かれて、勝手に裏切られた気分になった私に責任がある。

自分が悪いということを改めて認識すると、一方的に傷つけてしまったことが急に申し訳なくなってきた。私はなんて自分勝手なんだろう。

会いたい、と思った。謝りたい、会いに行こう。誰かに対してそんなふうに思ったのも初めてのことだった。

私は立ち上がり、歩き出した。でも、どこに向かえばいいのかわからない。ここはほとんど知らない街だし、留生が今どこにいるのかもわからない。私はただ黙々と足の向くままに歩き続けた。

そして、足の感覚もなくなってきたころ、どこか見たことのあるような気がする場所にたどり着いた。見上げてもてっぺんがとらえられないほどに背の高い樹木が肩を寄せ合うように無数に佇《たたず》んでいる。来た覚えはないけれど、なぜか見覚えがある。

幼いころに来たことがあるか、テレビか写真か何かで見たのだろうか。はっきりとは思い出せないけれど、とても懐かしく感じる。

しばらくして、そこが湖の森の入り口だと気づいた。来たことはないはずだ。それでも、何か心の琴線に引っかかるものがある。

不思議に思いながら首を巡らせて、百メートルほど先に、森の奥へと続いているらしい道があるのを見つけた。

それをぼんやりと眺めていたとき、向こうから歩いてくる人影に気がついた。目をこらしてみて、濡れたようなつやのある黒髪とほっそりとした身体つきから、すぐにわかった。留生だ。初めて出会ったときと同じように、白いシャツとジーンズだけのシンプルな服装をしていた。

奇跡的だと思った。会いたいと思っていた人が、たまたまやってくるなんて。

でも、声をかけようかと思ったのに、喉が何かに締めつけられているかのように声が出ない。それは、彼が放つ雰囲気がいつもと異なるものだったからだ。

いつも穏やかな笑みを浮かべている留生が、今はひどく深刻な、切羽詰まったような表情を浮かべていた。歩き方もいつものびりしたものではなく、急いでいるかのように早足だった。

結局声を出せないまま、彼が森の奥へと消えていくのを見ていることしかできなかった。

しばらく考えて、勇気を出して一歩踏み出す。生まれたときから当たり前のようにそばにあった、でも近づいたことすらなかった湖の森へ、私は初めて足を踏み入れた。

見上げるほどの木々の梢《こずえ》に、傾き始めた太陽の光は遮られ、森の中は驚くほどに薄暗い。あたりに漂う空気は、外の世界よりも少し温度が低く、清浄で綺麗な感じがした。でも、なぜか背筋がぞくりとする。なんだか不気味だと思いながらも、留生が歩いたであろう道を、ざくざくと砂利を踏みながら進む。

しばらく歩いて、遠くにぽつねんと立つ彼の姿を見つけた。その向こうに湖があるらしく、光をちらちらと反射する水の気配を感じた。

今度こそ声をかけよう。そう思って、留生のほうへと近づいていく。でも、その表情が見えるあたりまで来たとき、に足が止まってしまった。

彼は湖に向かって佇み、祈りを捧《ささ》げるように目を閉じていた。その横顔があまりにも真剣で、声をかけていいような雰囲気ではなかった。

もしかしたら、見てはいけないものを見てしまったのかもしれない。彼が誰にも知られないようにしていたものを知ってしまったのかもしれない。そんな気がして、急に怖くなった。

私は足音を忍ばせてその場を離れると、一気に駆け出して湖の森を去った。

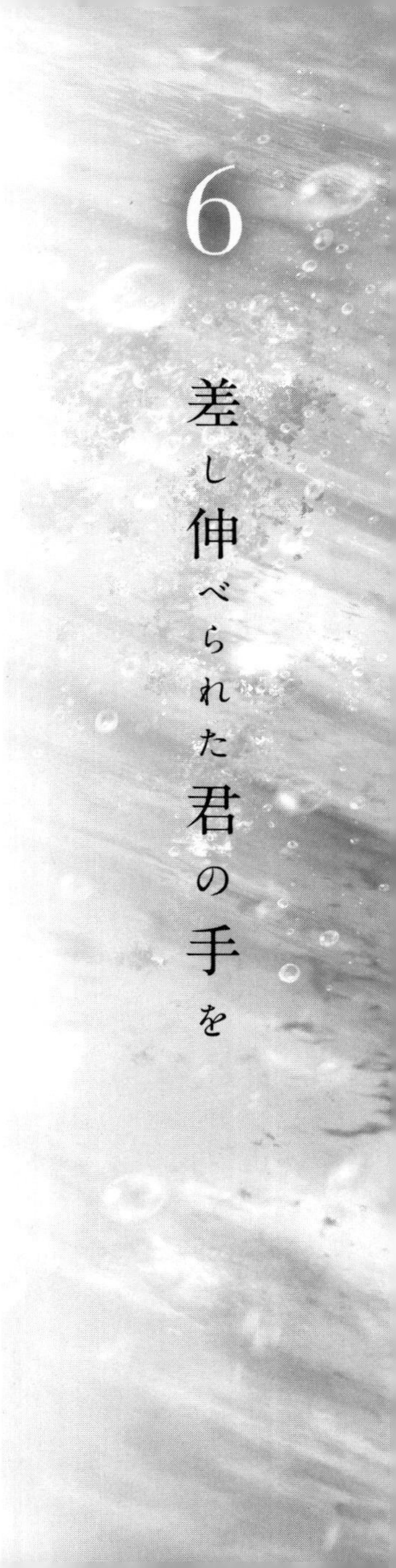

6 差し伸べられた君の手を

——君の目が見えないのなら、僕の目をあげる。


翌日はひどい天気だった。朝からどしゃ降りの雨が降り続き、世界中水浸しになってしまいそうなくらいだった。

カーテンの隙間《すきま》から外を覗《のぞ》くと、街は真昼とは思えないほど暗い。明かりをつけても部屋の隅っこは薄闇《やみ》に沈んでいた。

雨音は空間全《すべ》てを埋め尽くす滝の轟音《ごうおん》のようだった。どこもかしこも雨の音がするので、逆に何も聞こえないような気がしてくる。騒々しい静けさの中で、開きっぱなしの教科書をぼんやりと眺めていると、まるで湖の底に沈んだような気持ちになってきた。

本を捨てられてしまって読むものがないので、日本史の教科書を読み物として開いているけれど、全く集中できない。すぐに昨日の留生《るい》の姿が目に浮かんできてしまう。

あれは一体なんだったんだろう、と何度目かもわからない思考に沈みかけて、気持ちを入れかえるために水を飲もうと一階に下りた。

台所につながるドアを押し開けたそのときだった。何かが割れるような音が聞こえてきて、雨音の静寂が唐突に破られた。それからお父さんの怒鳴り声。

ああ、またか、と思うと同時に、心が異様なほど平らになっていく。刺激を感じないように息を殺す。

ゆっくりと目を向けると、リビングのソファにだらしなく座って赤い顔でお母さんを睨《にら》みつけているお父さんの姿が目に入った。

「どうしてこんなに成績が悪いんだ！　お前、ちゃんと管理してないのか？　娘がこんな落ちこぼれだと知れたら、俺《おれ》がどんな思いをするか……」

落ちこぼれ、という単語が耳に飛び込んできて、私の話をしているのだと察する。嫌なタイミングで来てしまった。

家でも学校と同じように透明人間みたいになれればいいのに、と思う。家族の誰《だれ》も私に注意を払わなくなれば、怒られることも叱《しか》られることも馬鹿《ばか》にされることもなくて済むのに。

「どうしてお前も千花《ちか》も俺に恥ばかりかかせるんだ！　世間様に見せても恥ずかしくないのは百《もも》花《か》だけだ、全く！」

　お父さんが苦々しげに言う。お母さんはお父さんの前に正座して、「すみません」と繰り返していた。

「だいたい千花はどうしてあんなに百花と違うんだ。俺にも全然似ていないしな。前から言っているが、やっぱりお前が浮気でもしてできた子なんじゃないか？　そうでないと納得できん、俺の娘とは思えない」

　えっ、と声が出そうになった。そんな話は聞いたことがない。心臓が嫌な感じで暴れ始め、冷や汗が出てくる。思わず唾《つば》を飲み込むと、ごくりと鳴った喉の音が、耳の奥でやたら大きく響いた。

「しかも、あんな醜いあざなんかつけて生まれてきて、連れて歩くのも恥ずかしくてたまらない。どうせお前が妊娠中に胎児によくないことでもしたんだろう」

　これ以上聞いてはいけない、と警戒色の信号が自分の中で点滅していた。泥沼に沈んだように重い身体《からだ》をなんとか動かして、その場を去ろうとする。

　でも、開いたままだったドアの隙間からお母さんに見つかってしまった。お母さんがぐっと顔を歪《ゆが》め、勢いよく立ち上がって足早にこちらへやってくる。

「なに盗み聞きしてるのよ！」

「……ごめんなさい、たまたま」

「うるさいっ！　いちいち言い訳しないで！」

きいんと耳に突き刺さるような声に遮られた。言い訳ではなくて、ただ事実を伝えようとしているだけなのに、なぜ怒られなくてはならないのか。唇を噛《か》んでお母さんを見つめ返すと、その顔が途端に怒りに染まった。

「何よ、なんなのよ、その目は……！」

あ、と思ったときにはすでに平手が飛んできていた。熱が走る。ちょうどあざのあるあたりだ。衝撃でよろけながら、右頬《ほお》を押さえた。

ふっと息を吐いて、衝撃が去るのを待つ。いつもより力がこもっていて、打たれた頬の内側と歯の奥のほうがずきずきと痛んだ。

「馬鹿にしてるんでしょ！　お母さんのことを！」

うつむいて痛みに耐えている頭上に、ヒステリックな声がとめどなく降り注いでくる。

「夫婦間がうまくいってないって、離婚すればいいのにって、馬鹿にしてるんでしょ⁉」

次の瞬間、耳のあたりに再び衝撃が走った。一瞬遅れて痛みがくる。

「全部あんたのせいなのに！」

狂ったように両側から拳《こぶし》や平手が飛んでくるので、私は頭を抱えてしゃがみ込んだ。それでもお母さんの声も手も止まらない。

「あんたのせいで私とあの人はおかしくなっちゃったのよ！」

嵐《あらし》が過ぎ去るのを待つのに必死で、叫びの内容が頭に入ってこない。でも、次に投げ込まれた言葉だけは、なぜかはっきりと耳から入ってきて、頭の真ん中を貫くように私の中にしっかりと突き刺さった。

「あんたなんかが生まれてきたから……!!」

頭の中で、ぶちっと何かが切れる音がした。

ああ、もうだめだ、という声がどこかから聞こえる。頭を抱える手がぶるぶると震え始めた。

そのとき、階段を駆け下りてくる足音がした。お姉ちゃんだ。真横に立つ気配を感じて私は少し顔を上げた。

「ちょっと、お母さん、何してんの。上でイヤホンしてても声聞こえたよ」

お姉ちゃんが呆《あき》れたように淡々と言った。それからこちらへと目を向ける。私の顔を見て、彼女の形のいい唇が小さく呟《つぶや》いた。

「……やりすぎ」

お母さんが少しひるんだように手を引く。それを視界の端で確認して、私は反射的に立ち上がった。そのまま玄関へと走る。

「ちょっと、千花!?」

お姉ちゃんの声が後ろから追ってきた。でも、そのときにはすでに私は玄関のドアから豪雨の中へと飛び出していた。

家を出た瞬間に頭の先から爪先《つまさき》までびしょ濡《ぬ》れになるほどひどい雨だった。うるさくて聞こえないほどの雨音の滝を全身に浴びながら走る。

――『あんたなんかが生まれてきたから』。お母さんの叫びが耳の中でこだまする。

『生まれてこなければよかった』なんて、今までに何度も思ったことだった。こんな醜い顔なら、生まれてこなかったほうがずっと幸せだったと。

でも、実際に言葉にして他人からぶつけられると、思った以上に堪《こた》えた。しかも、自分を生んだ母親から言われてしまった。最後通告だと思った。

雨に濡れた髪がこめかみや頬や首に貼《は》りつき、服は全身の肌にまとわりついて、不快だった。雨が顔に直撃するので、目を細めて走る。雫《しずく》が睫毛《まつげ》にたまって視界を滲《にじ》ませた。

頭も心もぐちゃぐちゃで、吐きそうなくらい気持ちが悪い。お父さんとお母さんの言葉が入れ替わり立ち替わり頭に浮かんで、心を抉《えぐ》ってくる。

私はどうしてこんなふうに生まれてしまったんだろう。容姿にも性格にも能力にも家族にも友達にも恵まれている幸せな人だっているのに、私にはひとつもない。どうして私だけこんなにひどい目に遭うんだろう。前世で何か悪いことでもしたんだろうか。そうでも考えないと納得できない。

せめて家族だけでもそんな私を受け入れてくれるような人たちだったらよかったのに、あの人たちは私を認めず、恥ずかしい存在だと罵《ののし》る。

こんなことなら、生まれてこなければよかった。こんな人生なら、早く終わらせてしまいたい。こんなに苦しいのに、なぜ耐えなくてはいけないのかわからない。

死んでしまえたら楽なのに――。

そんなことを考えながら、気がついたらあの公園の前に来ていた。自分の行動に驚いて足を止める。

どうしてここに来てしまったんだろう。なにも考えてなんかいなかったのに、どうして。

雨に煙る遊具を呆然《ぼうぜん》と眺めていたら、ふいに背後に人の気配を感じた。飛び上がりそうなほどびっくりして、大きく身体が震える。

振り向くと、留生がいた。ビニール傘《がさ》が差しかけられて、肌を打っていた雨の冷たさが消える。その代わり、一瞬にして彼のほうがびしょ濡れになった。

ばたばたと傘に打ちつける雨の音の中で、ふたり言葉もなく見つめ合う。留生はかすかに眉《まゆ》をひそめて、どこか悲しそうな顔をしていた。

「……どうして」

最後まで言えなかった問いに、留生が微笑《ほほえ》みで答える。

そのとき唐突に、『この笑顔に騙《だま》されたんだ』という思いが込み上げてきた。彼がこうなふうに優しく柔らかく笑いかけてくるから、私は勝手に思い上がった愚かな勘違いをしてしまったのだ。人の優しさに飢えていた自分を思い知らされるようで、ぐっと胸が苦しくなった。

馬鹿みたいだ、恥ずかしい、死にたい。

留生が「千花」と肩に手を置く。それを振り払って、私は叫んだ。

「……ほっといて！」

目を見開いた彼を置き去りにして、私は再び走り出した。目的地はない。どこでもいい、ひと思いに死ねそうな場所ならどこでも。

追いかけてくる留生をまくために、めちゃくちゃに角を曲がり、細い路地を抜け、わざと人混みに飛び込む。何度か振り向いて確かめているうちに、いつしか彼の姿は見えなくなった。ほっとして少しだけスピードを緩める。

線路沿いの道にたどり着いて、電車に飛び込むことも考えたけれど、高いフェンスに覆われていて簡単には入れそうになかった。それにたくさんの人に迷惑がかかるという考えも頭をよぎり、そのまま通りすぎた。

あとは、首吊《つ》りか練炭か睡眠薬くらいしか思いつかない。どれも死ぬための道具を買い揃《そろ》えて準備をしないといけないので、時間もお金もかかる。今の私にはそのどちらもなかった。

どうすれば一刻も早く簡単に死ねるかを考えながら闇雲《やみくも》に走り続けた。そして気がつくと、湖の森の前に来ていた。

ここだ、と思った。ほとんど無意識のうちに、私は森の奥へと続く道を駆け出した。

頭上の梢《こずえ》に遮られ、打ちつけていた雨が少し弱まった。薄暗い道を、息を切らしながらひた走る。

しばらくして木々の間を抜けたとき、また雨に包まれた。濡れて冷えきった身体には、生ぬるい雨は妙に心地いい。

目の前には、深い緑に囲まれた大きな美しい湖が広がっていた。水面は今は雨に打たれて、細かい波紋が無数に浮いている。

全身に雨を浴びながら、死ぬには打ってつけの場所だ、と強く思った。死ぬなら今しかない。どうせ私なんて生きていたって意味がないんだから、早いうちに死んでしまったほうがいいに決まっている。そうすればもう二度と嫌な思いをしないで済むし、吐きそうな苦しみも、胸をかきむしりたくなる悲しみも味わわないで済む。もう傷つかなくていい。もう自分の人生に絶望しなくていい。それってなんて幸せなことなんだろう。

今まで生きてきて、心から幸せだと思ったことなんて一度もなかった。少し嬉《うれ》しいことや楽しいことがあっても、鏡で自分の顔を見た瞬間に冷水を浴びせられたように現実を思い知らされて、喜びも楽しさも一瞬で消え失《う》せた。

誰かが言ったように、こんな顔に生まれた時点で、私の人生は終わっていた。ただ日々をやり過ごすように無為に生きるくらいなら、早く死んだほうがいい。そうすれば生まれ変わることができる。来世はきっと、あざのない綺麗《きれい》な顔に生まれることができるだろう。

死を覚悟したというのに、心は不思議なほどに凪《な》いでいた。何も怖くなんかない。むしろ、これでやっと苦しみが終わるのだと思うと、喜びに震えそうなくらいだ。

雨模様の空の薄汚れた青を映す湖に向かって、ゆっくりと足を踏み出す。水際に立ち、湖に背を向ける。そのほうが間違いなく死ねるような気がした。

さあ、行こう。

私は空を仰いで、遥《はる》か高みから降り注いでくる雨を全身に感じながら、思いきり地面を蹴《け》った。

そのときだった。視界の真ん中に、ふわりと舞い上がるビニール傘が現れた。傘はそのまま空へと溶けていく。唇が勝手に、るぃ、と動いた。

と同時に、私は水に包まれた。大量の水の泡が全身に絡みついてくる。身体が湖底へと沈んでいくのがわかる。

次の瞬間、水中を埋めつくす真っ白な泡を切り裂くように、白と黒の塊が飛び込んできた。

全てがスローモーションに見えた。空から舞い降りる天使のように、留生が私のもとへと泳いでくる。彼のまとう泡が、まるで翼のように大きく羽ばたく。

気がついたときには、私の身体は彼の両腕の中にすっぽりと包まれていた。ぎゅっと抱きしめられたあと、ものすごい力で腕をつかまれ、一気に引き上げられる。

水の中から見る湖面は、不思議なほどに青く澄んでいた。

水面から顔が出た瞬間、本能的に大きく息を吸い込んだ。自分が空気を欲していたことを、そうして初めて知った。

留生がごほっと咳《せ》き込みながらも、必死に私の手を引いて水際へと連れていく。爪《つめ》が食い込むほどに強く、強く手首を握られていた。彼はこんなに力が強かったのか、と場違いなことを思う。

水を吸って重くなった服に難儀しながら、ふたりしてなんとか岸に上がった。

ほんの数十秒間水中にいただけなのに、信じられないくらい息が苦しくて、肩を震わせながら何度も何度も空気を吸い込む。隣で留生も同じように大きく肩で息をしていた。

しばらくして呼吸が落ち着いてきたとき、彼はずぶ濡れの顔をゆっくりとこちらに向けた。私が何か言葉を口にする前に、彼はいきなり身を乗り出してきて、私を強く抱きすくめた。

「……だめだよ、千花」

苦しげな声が耳許《もと》で囁《ささや》く。

「こんなことしちゃ、だめだ……」

私は留生の手を外して立ち上がろうと身をよじったけれど、彼はさらに腕に力を込める。

「だめだよ、やめて、お願いだから」

彼はひどく怯《おび》えた様子で、声を震わせながら、何かに取りつかれたように何度も何度も繰り返す。

そう言わなければ離してくれないだろうと直感して、「うん、わかった、わかったから」と呟いた。少し間をおいて、ゆるゆると拘束が緩んでいった。

まだ少し荒い呼吸をしながら、無言で向き合う。沈黙が全身に貼りついたように思えてきたころ、留生がぽつりと口を開いた。

「――死にたいの？」

弱々しい声だった。伏せた睫毛に透明な水滴がたまっている。彼がゆっくりと瞬きをすると、ぽたりとひとつの雫がこぼれ落ちた。

私はぼんやりしたまま、「うん」と答えた。

「……もう、疲れちゃった」

言葉が唇からこぼれ落ちた。言ってしまうと、ああ私は疲れていたのか、と初めて実感した。

「どうして？　何がそんなに千花を苦しめてるの？」

留生の顔にはいつもの笑みはなく、悲しげに歪んでいる。その顔には嘘《うそ》をつけない気がして、私は「全部」と素直に答えた。

「全部、全部、嫌……」

口に出した途端に、堰《せき》を切ったように涙が溢《あふ》れ出してくる。こらえきれなくなって、留生にぶつけるように自分の気持ちを一気に吐き出した。

家族みんなが私を疎《うと》ましく思っていること。お父さんはいつも酔っぱらって暴言を吐いて、お姉ちゃんばかり褒めて可愛《かわい》がって、私とお母さんのことは馬鹿にすること。お母さんはお父さんに逆らえなくて、どんなに怒鳴られても黙って我慢していて、そのあと私に八つ当たりすること。お姉ちゃんはとても優秀で可愛くて明るくて、私とは正反対だから、私みたいな人間が妹だというのを嫌がっているということ。

そして生まれつき醜いあざがあるせいで、自分で自分の顔を見るのも、誰かに顔を見られるのも嫌で、顔を上げて胸を張って生きるなんて無理だということ。だから友達もできないし、誰にも大切に思われないし愛されないこと。そんな虚《むな》しい人生で、つらいだけで終わるくらいなら、早く死んでしまったほうがいいから、だから死のうと思ったのだということ。

誰にも、家族にさえ言ったことのない思いを、全部、全部、吐き出した。あざを気にしているというのを知られて同情されるのも嫌だったから、誰にも言えなかった。でも、本当は、自分の顔が大嫌いだ。こんな顔なくなればいいのにと、物心ついたときからずっと思っていた。自分の顔を呪《のろ》い続けて生きてきた。

感情に任せたまとまりのない私の話を、留生は言葉も呼吸も、瞬きさえも忘れたように、微動だにせずに聞いていた。

少し落ち着いた私は、声のトーンを落として続けた。

「……この前、講演があったでしょう。体育館で、自殺しちゃった女の子の話を聞いたやつ」

留生が小さく頷《うなず》いた。私は膝《ひざ》を抱えた。

「あの講演の人が言ってたでしょ……生きてれば絶対にいいことがあるから死んじゃだめ。死んだら悲しむ人がいるから死んじゃだめ。あなたを必要としている人は必ずいるから死んじゃだめ、って」

彼がまたこくりと頷いた。

「あれ聞いてね、私、ほんとにむかついたの。そんなこと言われても、生きる希望なんて持てるわけないじゃんって。私みたいな馬鹿で暗くて醜い人間を、必要とする人なんているわけない。私なんか存在価値も存在意義もなんにもない。そういう人間の気持ちを何も知らないくせに無責任なこと言うな、ってすごく腹が立った」

あの話を思い出すたびに、もやもやとした思いが湧《わ》き上がってくる。なんとか自殺を止めようと必死になっているのはわかったけれど、逆に神経を逆撫《さかな》でされたような気がした。

生きていて楽しいことがあったり、嬉しい思いをしたり、誰かに必要としてもらえたり、死んだことを悲しんでもらえるのは、そういう星のもとに生まれた人だけ、選ばれた人だけだ。

そうでない人間には、つらくて悲しくて苦しいことばかり訪れて、誰かに求められることなんてありえない。

「私なんて誰からも必要とされてない。私が死んだって、誰も悲しまない。むしろ家族はお荷物がいなくなったってほっとするよ。私だって自分で自分が嫌い。なんの役にも立たない、迷惑かけて嫌な思いをさせるだけの私みたいな人間は、生きてる意味なんかない。早く死んだほうがいいに決まってる」

全て吐き出した。何年もかけてため込んでいた澱《おり》のようなどろどろした感情を出しきってしまうと、私の中はもう空っぽだった。

ふうっと息をついたとき、留生が呻《うめ》くように「違うよ」と呟いた。私は隣に目を向ける。

「違う、そうじゃない」

留生の目には涙が滲んでいた。私は驚きのあまり「えっ」と声を上げた。なぜ彼が泣いているんだろう。

唖然《あぜん》としている私に、留生がゆっくりと顔を向けた。涙の粒に彩られた綺麗な瞳《め》がじっと私を見ている。

「君は、生きていいんだよ」

留生は噛みしめるように言った。

「もしも、たとえ本当に誰からも必要とされてないとしても、生きていいんだよ。なんの役にも立たなくても、例えば世界中の人間から嫌われていても、一日中誰とも話さなくても、天涯孤独《てんがいこどく》の人でも、親にさえ愛されてない子でも、自分がいてもいなくても何にも変わらないとしても、死んだって誰も悲しんでくれないとしても、生きていていい」

思いも寄らないことを言われて、私は言葉を失った。

誰にも愛されない、誰にも必要とされない人間なんていない、そんな軽薄な綺麗事なら何度も聞かされてきた。でも、必要とされない人間が生きていていい、なんて初めて聞いた。

「だって人は、誰かの役に立ったり誰かを喜ばせるために生きてるわけじゃない。自分のために生きてるんだ。その上で誰かの役に立つこともあるかもしれないけど、まずは自分のために生きてるんだよ」

留生の口調は確信に満ちていた。

「人は、たとえ存在価値がなくたって、誰にも求められなくたって、生きていていい。だって存在価値は他人から与えられるものだけど、生きる意味は自分の中から湧き上がってくるものだよ。君が生きる意味を人に認めてもらう必要はない。生きていくのに許可なんて必要ない」

彼は一瞬も私から視線を外さずに話し続ける。心の奥深くまで突き刺さりそうな、強く真剣な眼差《まなざ》しだった。自分の言葉をなんとかして私に染み込ませようとしているようだった。

「僕は『悲しむ人がいるから命は大切』なんて思わないよ。悲しむ人がいない天涯孤独な人の命だって、どう考えたって大事でしょう。あの人には家族も恋人も友達もいないから死んでもいい、なんて言う人がいたら、おかしいと思うでしょう」

そう言われてみればそういう気がしてきた。

不思議だ。あれだけ荒れ狂っていた気持ちが、深い深い絶望の淵《ふち》に沈んでいた心が、留生の声を聞けば聞くほど、驚くほどに静かに穏やかになっていく。

「僕は『生きる意味』なんてものは別にないと思ってるけど、もしそういうものがあるとしたら、生まれた瞬間から誰もが持ってるんだと思うよ。この世に生まれたと同時にそこにその人の居場所が生まれて、生きる意味が与えられる。居場所も意味も、どんなことが起こってもどんな変化が訪れても、誰からも奪われることはない。生きているってことは、そのまま、生きていていいってことだ」

全ての黒い感情を吐き出して空っぽになった私の中が、白く淡い光を放つような留生の優しい言葉で、ゆっくりと満たされていく。

ふっと心のどこかが緩んだような感覚になって、気づけば視界が涙で滲んでいた。

「君は本当に、本当に死にたいの？　なんで死にたいと思ったの？」

留生がまっすぐに訊《たず》ねてきた。すぐに答えられなくて、私はゆっくりと瞬きをして彼を見つめ返す。

「もし死にたいと思ってるとしたら、それは本当に『自分で自分のために』死にたいっていう気持ちだった？」

私ははっと息を呑《の》んだ。考えたこともない視点だった。

「もし、自分の人生を生ききって、もう充分だと思ったとか、やりたいことは全てやって人生の目的を達成した、もう未練はないって言いきれるから死にたいって言うなら、自分で自分の人生に幕を降ろしたっていいと思うよ。だけど、そうじゃなくて、他人から見て生きる意味がないとか、存在価値がないとか、他人から必要とされないとか他人の役に立たないとか、そういう他人からの評価の中で死にたいと思ったのなら、そんなにもったいないことはないと思うんだ。君自身に何か生きる目的や、やりたいことがあるなら、生きていていいに決まってる。君はまだ生きていて、つまりそこに君の命の居場所がまだあるんだから」

彼の言葉に、私は自分の胸をそっと押さえた。

私の命の居場所。私の生きる意味。それがここにある。他人から与えられた居場所ではなくて、私が生きているからこそ在《あ》る居場所。

「君が君自身で死にたいと思ってないのなら、生きていい。君が生きたいなら、生きていい。他人のことなんて気にせず生きていいんだよ」

周りの目を気にせず、人の意見に左右されたりしない留生だからこその言葉だと思った。

私は生きたいのだろうか。死にたいということばかり考えていて、生きたいのかどうかなんて考えたことがなかった。

すぐに答えが出せなくて黙り込んでいると、留生がふっと笑みを浮かべた。

「千花は前に言ってたよね」

私はひとつ瞬きをしてから、「何を?」と訊ね返した。

「図書館で、本は毎日二百冊も出版されてて、世界には一億冊もあるって教えてくれたでしょ。あの話、すごく感激したから、よく覚えてるよ」

そういえばそんな話をしたな、と遥か昔のことのように思い出す。

留生はなぜだかとても嬉しそうに笑って言った。

「あのとき、千花は言ってたよね。この世の中にはまだまだ自分の知らない本がたくさんあると思うと、ちょっと楽しいって。千花にはこれから生きていく上での楽しみがあるんだなって思って、僕はすごく嬉しくなった」

「……なんで留生が嬉しいの……」

なんだか照れくさくなって憎まれ口を叩《たた》いたけれど、彼はにっこりと笑って「嬉しいよ」と繰り返した。

私は膝にあごを乗せて考えてみた。まだ知らない、まだ出会っていない、まだ読んだことのない本たちについて。

すると、そういえば来月お気に入りの作家の新刊が出るな、と思い出した。そして、続きが気になるシリーズものの作品がいくつもあると思いつく。まだ最終回を迎えていない漫画やドラマの存在も頭にちらついた。

そこで初めて、私は死にたいわけじゃないのかもしれない、と気づいた。誰からも愛されず、必要とされないことがつらかっただけで、自分の人生にもう未練がないから死んでもいいと思っていたわけではない。

「そっか……私、死にたくは、ないのかも」

すとんと腑《ふ》に落ちたような気がした。死にたかったのではなく、生きるのがつらいと思っていた。生きているとつらいから死ぬしかないと思っていた。

でも、つらいばかりではない。実はまだ、こんな私でも、楽しみに思えるものがある。

死なくていいのかもしれない、と思うと、ほっとする気さえした。

自分の存在があまりにも無意味で、無価値で、死んだほうがいいと思っていた。でも、死んだほうがいいなんて、他人からの目を気にして決めることじゃないのだ。

「……うん、そうだね。私は、死にたいわけじゃない」

そう呟くと、すうっと心が軽くなった。こんなふうに思えたのは、留生のおかげだ。

なんだか無性に泣きたくなった。心の奥底から涙が込み上げてくるのを感じる。でもまずはお礼を言わなきゃ、と必死に自分を励まして隣に目を向けたとたん、私は絶句した。彼がその綺麗な両目から、ぼろぼろと大粒の涙をこぼしていたのだ。

「え……っ、留生……」

そのあまりの泣きように驚いて、私の涙は一瞬で引っ込んでしまった。

「大丈夫……？」

おろおろと訊ねると、留生はぐっと唇を噛んで、涙の滲む声で言った。

「……よかった」

心底ほっとしたように彼は呟く。

「よかった……これで、もう、僕は……」

その先は、声がかすれて聞き取れなかった。どうすればいいかわからず、私はただ黙って彼の背中をさすることしかできない。

そのうち、どうして死のうとした私が、それを阻止しようとしてくれた彼を慰めているのだろう、とおかしくなってきて、ふっと笑いが洩《も》れた。気づいた留生が濡れた瞳を上げて、同じように笑う。

誰もいない森の奥の湖のほとりで、しばらく声を上げて笑い合ったあと、ふと空が明るくなったのを感じて私は顔を上げた。留生も同じように空へと目を向ける。

いつの間にか雨はやんでいた。分厚い灰色の雲が風に流されていく。そして、雲間から射《さ》す光が雨上がりの空を切り裂いた。

晴れ間から太陽が顔を出し、目映《まばゆ》い陽射《ひざ》しに世界が照らし出される。深い緑や足下の草花に残る無数の水滴のひとつひとつが、光を浴びて真っ白に輝き出した。まるでダイヤモンドが散りばめられたようだった。

夕暮れ時を迎えた太陽の光は赤みを帯び、空は水色と淡いピンクのマーブル模様のようになっていた。波ひとつない湖面が鏡のようにくっきりと空を映し、まるで空が二倍になったみたいに見えた。

足下を見てみると、水は驚くほど澄んで透き通り、底に転がる小石まで見通せるほどだった。湖面に浮いた枝や葉の影が、淡い青や薄い黄緑色に染まった水底に青く映っている。

「綺麗だね……」

思わず呟くと、隣で留生が頷いてくれた。

に光をはらみ始めた。
世界が一気に明るくなったような気がした。薄汚れて暗かった私の世界が、彼の言葉で、確か
らこそ」と答えてからこちらを見た。名残《なごり》の涙が陽射しを浴びてきらりと光った。
なんだか照れくさくて、色鮮やかな空模様に染まった湖面を見つめたまま言う。留生は「こち
「……留生、ありがとね」

そのあと、すぐに「じゃあ帰ろうか」と言うのもおかしい気がして、それにどこか名残惜しさのようなものもあって、どちらからともなく湖畔《こはん》に並んで腰を下ろした。徐々に変化していく空と、それを鏡のように映す湖面を言葉もなく眺める。

ほっとしたせいか、急に寒気を感じて、背中が小さく震えた。留生がはっとしたようにこちらを見て、「そうだった」と何かを思い出したように声を上げる。

「ちょっと待ってて」

そう私に告げておもむろに立ち上がり、ぱたぱたと森のほうへ走っていく。途中でビニール傘を拾い上げて、放《ほう》り投げられたように転がっていたスポーツバッグを持って帰ってきた。

「せっかく持ってきたのに忘れてた」

彼が中から何かを取り出して、私の前に膝立ちになった。

なんだろう、と首を傾《かし》げる私の頭にふわりとかぶせられたのは、バスタオルだった。そのまま、びしょ濡れの髪をわしゃわしゃと拭《ふ》いてくれる。誰かに濡れた髪を拭いてもらうのは、覚えてい

ないくらい幼いころ以来だった。

「……すごい、準備いいね」

恥ずかしさに顔をうつむけて大人《おとな》しく拭かれながら、照れ隠しにそう口にすると、留生は「でしょ」とおかしそうに笑った。

まるで私が今日行動を起こすとわかっていたかのような周到さだ。そう考えてから、まさかそんなわけないか、と思い直す。

彼は私を拭いてくれたタオルで今度は自分の頭も拭き、それを肩にはおってから、もう一枚取り出したタオルですっぽりと私を包み込んでくれた。乾いたタオル一枚で、濡れた身体はすっかり温かくなった。

こんなに無償の優しさを与えられたのは初めてだった。心までぽかぽかと温かくなる。

「ありがとう」

噛みしめるように言うと、留生は本当に嬉しそうに笑い返してくれた。

「寒くない？」

「うん、全然。留生は大丈夫？」

「大丈夫だよ。一応、男の子だから」

彼からはあまり男らしさを感じたことはなかったけれど、さっき水の中で私を引き上げてくれた力強さを思い出して、なんだか急に居たたまれないような気持ちになった。

タオルにくるまって膝を抱き、やり場に困った目線を湖に向ける。あっという間に日が落ちて、湖に映る青はずいぶん深くなっていた。東の空はさらに濃い夜の気配をはらんで、ぽつぽつと星が瞬き始めている。

そういえば留生と出会った日は、降り注ぐ雨の雫が流れ星のように見えたな。そんなことを考えながら夜色の空を眺めていると、ふいに隣で彼が「今日は」と言った。

「星が降る日だね」

まるで思考を読まれていたような言葉に驚いて振り向くと、留生がにこりと笑う。

「流星群だよ」

彼の言葉で、以前テレビのニュースで『ゴールデンウィークはみずがめ座η《イータ》流星群が観測できる』と言っていたことを思い出した。

「そっか。今日、もう見えるんだ」

深い森に囲まれたこの湖の周りには、木々に遮られて街の明かりが届かない。だから星空の撮影に訪れる人も多い。もしかしてここにいれば流れ星が見えるのだろうか。

「見てみたいなあ、流れ星」

思わず呟くと、留生が「見ていく？」と覗き込んできた。

ほとんど無意識の、思いつきのような言葉だったのに、彼がそう答えてくれたことで急に現実味を帯びてきた。

そうか、見ようと思えば見れるんだ。なんだか目から鱗《うろこ》が落ちたような気分だった。

「……見たい！　私、流れ星って見たことないの」

留生が「そっか」とふんわり笑う。

「きっとここで待ってたら見れるよ」

うん、と私は頷いた。それから、期待に胸を躍らせながら夜空に視線を向ける。

でも、いつ流れるかとどきどきしながら待ったけれど、静かすぎる空にはなかなか変化が訪れない。まだ西の空がほの明るいからだろうか。

「そんなにすぐには落ちてこないよ」

留生がおかしそうに言った。

「それもそうか……」

「流星群の活動のピーク時期はまだ先だから、今日はそんなにたくさんは流れないと思うよ。気長に待とう」

うん、と頷いてから、膝を抱いてまた空を仰ぐ。それでもやっぱり流れ星はなかなか現れない。これは本当に長期戦になりそうだ。

「……暇だね」

無言で肩を並べてただひたすら夜空を見上げているのがなんだかおかしくて、思わず口を開いた。

「じゃあ、なんかお話ししながら待とうか」

「お話し……」

苦手分野だ。でも、それくらいしかできることはないな、と思う。

「千花、なんかしゃべってよ」

「えぇー……なんで私？」

私は眉を下げて留生を見た。

「千花の話が聞きたいなと思って」

彼がにこりと笑って言う。私の話が聞きたいなんて、本当に留生は変わっている。

「でも、面白い話なんかできないよ、私」

「なら、質問でもいいよ」

「留生に質問？　じゃあ……あ、留生はいつも家で何してるの？」

彼が首を傾げながらあごに手を当てる。

「うーん、特に何も……。あ、最近は、ずっと小説書いてた」

小説、と思わずおうむ返しをしてから、思い出した。

「ああ、課題のやつか。私も書かなきゃなあ。留生は提出日に間に合いそう？」

「もう書き終わったよ」

さらりと答えが返ってきて、私は思わず勢いよく隣を見た。

「えっ、もう？　じゃあ、読みたい！」

「今、持ってるよ。午前中に図書館でやってたから」

「え、本当に？　読んでいい？」

そう言ってから、

「あ、でも、読んでたら流れ星見逃《みのが》しちゃうかも……」

すると留生は「大丈夫」と大きく頷いた。

「僕が音読するから、千花は空を見ながら聞いてればいいよ」

「でも、そしたら留生が見れないよ」

「いいよ、僕は。何回も見たことあるし、いつでも見れるから」

さらりと彼は言った。

「そうなの？　あ、もしかして、天体観測が趣味とか」

「そういうわけじゃないんだけどね」

留生はどこか含みのある言い方でふふっと笑いながら、スポーツバッグの中から紙の束を取り出た。

「テーマは《旅》だったっけ」

確認するように訊ねると、彼はこくりと頷きながら原稿用紙を広げる。

「……恥ずかしくない？」

自分からお願いしておいて、急に申し訳なくなってきた。自分の書いた文章を人に読ませるなんて、しかも声に出して読み上げるなんて、私だったら羞恥《しゅうち》と緊張で固まってしまいそうだった。

でも、留生はきょとんとした顔で、「なんで？」と首を傾げた。

「……なんかすごいね、留生って」

やっぱり変わってるなあ、としみじみ思った。

彼は、そうかなあ、とぼやいてから、

「千花に聞かれるのが恥ずかしいなんてありえないよ。むしろ聞いてほしい」

意表を突かれて言葉を失った私に、至極当然、というように笑いかけて、「じゃ、読むね」と言った。

「小説っていうよりは、昔話？　みたいな感じだけど……」

留生がそう前置きをしてから、星明かりの下で私に読み聞かせてくれたのは、『旅する少年』と題された物語だった。

7 空の鏡に星が降る

——君の耳が聞こえないのなら、僕の耳をあげる。

昔々、ある村に、ひとりの少年が暮らしていました。

少年には、とても仲の良い幼《おさな》馴《な》染《じ》みの少女がいました。ふたりは、幼いころから何をするにも一緒でした。

十五になったとき、少年は少女に結婚を申し込みました。彼女は恥じらいながらも笑顔で受け入れてくれました。ふたりは『おじいさんおばあさんになっても一緒にいよう、死ぬまで一緒にいよう』と約束を交わし、永遠を誓い合いました。一点の曇《くも》りもない、幸せな日々でした。

しかし、ふたりが結ばれてから二年ほど経《た》ったあるとき、村に恐ろしい病が流行《はや》り始めました。患った者の半数が命を落とし、なんとか助かったとしても寝たきりになることさえある、恐ろしい熱病でした。町に行けば薬は手に入りましたが、とても高価でした。痩《や》せた土地で細々と畑を耕すだけの、決して裕福とは言えないその村では、薬を買うことができるのはほんのひと握りの人だけでした。

村中に病が蔓延《まんえん》して、多くの人が死んでいく中で、少年と少女の親兄弟もみなあっという間に命を落としてしまいました。そして、やがて少女も病に倒れました。彼女を失うことを恐れた少年は、自分の蓄えを全《すべ》て使い、それでも足りずに親類縁者に必死に頼み込んで借金をして、なんとか薬を手に入れました。薬を飲ませてしばらくすると、少女はすっかり回復しました。幸運にも後遺症も残りませんでした。

これで約束通り年をとるまで一緒にいられると、ふたりは手を取り合って喜びました。しかし、一月と経たないうちに、今度は少年が高熱で倒れて寝込んでしまいました。少女と同じ熱病でしたが、少女よりもずっと重症でした。

薬はすでに使いきっており、新しく買うお金などもちろんありませんでした。親類からはそれ以上借りることができず、少女が村中を回ってお願いしましたが、病の蔓延した貧しい村ではどこの家も病人を抱えて苦しい生活をしており、誰《だれ》ひとり助けてはくれませんでした。

燃えそうに高い熱が十日も続き、少女の献身的な看病の甲斐《かい》もなく、少年はみるみるうちに弱っていきました。周りはみな『これはもうだめだろう』と言いました。少年自身も、朦朧《もうろう》とする意識の中で、自分の死を予感していました。

『約束は守れそうにない、ごめん』

そう少女に謝りました。少女は泣きじゃくりながら少年にすがりつき、

『いや、絶対に死んじゃだめ』

と叫んで、家を飛び出していきました。外はもう真夜中で、明かりのない村は真っ暗です。少年は重い身体《からだ》を引きずって布団から這《は》い出し、彼女を追いかけようとしましたが、病に冒《おか》された足は思うように動いてくれません。

『どこに行くの。危ないから、帰っておいで』

必死に叫んだ声は、すっかり遠くなっていた少女の背中には届きませんでした。

少年の意識は、そこで途切れました。

次に目が覚めたとき、少年の身体はすっかり軽くなっていました。病気が治っていたのです。枕《まくら》もとには薬の包み紙が置かれていました。

どうやって手に入れたんだろう、と不思議に思いながら傍らを見ると、少女が冷たい床に倒れ伏していました。全身びしょ濡《ぬ》れで、触れてみると身体は冷えきっていました。

慌てて抱き起こしてみると、少女はその白い肌にひどい火傷《やけど》を負っていました。長く美しかった髪も縮れ、服も焼け焦げていました。

少年は驚き、すぐに医者を呼んで手当てをしてもらおうとしました。しかし彼女は、『これは罰だから』とわけのわからないことを言って拒みました。

納得できない少年は、少女を着替えさせて布団に横たわらせながら、なんとか治療を受けさせようと説得を試みましたが、彼女は首を横に振るばかりでした。それでも何度も何度も理由を問いただし続けて、やっと少女が、火傷からくる熱で朦朧とする中、全てを打ち明けてくれました。

彼らの住む村の外れには、『神様の池』と呼ばれる池がありました。そのほとりには祠《ほこら》があり、池の神様が祀《まつ》られていました。どんな願いも叶《かな》えてくれる力のある神様として、古くから多くの人に信仰されていました。国のお殿様も町の豪商も村の大地主も、神様のご利益を求めて、祠にたくさんの供え物をしていると言われていました。

少女はそこに目をつけたというのです。

村のみんなが寝静まった夜更けに、少女は池の中に入り、投げ入れられて底に沈んでいた賽銭《さいせん》を拾い集めました。しかし、それを全て合わせても、高価な薬を買うにはあまりにも足りませんでした。そこで彼女は祠の扉を開け、中からご神体と供え物を盗み出しました。

ご神体は見たこともないほど美しい淡緑色をした立派な翡翠《ひすい》の宝玉で、供え物はいかにも高価な絹の反物と貴重な白米だったそうです。町に行ってこれを売ればきっと大きいお金になる、きっと薬を買うことができる、と少女は喜びに震えました。

しかし、祠に背を向けて池から離れようとしたとたん、背後から火の玉が飛んできたのです。燃え盛るそれは彼女に取りつき、全身が炎に包まれました。

少女はすぐに、神様の怒りを買ったのだと理解しました。それでも彼女は胸に抱いたものを決して手離そうとはせず、火に焼かれながら気を失いました。

夢の中で、彼女は神様の声を聞いたと言います。

――神のものを盗んだ罪は重い。罰はこれだけでは足らない。このまま火に焼かれて死んだあと、たとえ生まれ変わっても、罪を償い続けなければならない。来世でもその次の生でも、必ず苦悩に満ちた一生を送り、尋常でない苦痛とともに息絶えることになる。お前には未来永劫《みらいえいごう》の苦しみが与えられる。

恐ろしいお告げでした。しかし少女は、それでもいい、と答えました。それで彼を救えるのなら私はいくらでも耐えられる、と。

――今ならまだ間に合う、盗んだものを返せ、そうすれば許される。

神様にそう言われても、彼女は決して首を縦には振りませんでした。

夜が明け、夢から目覚めた彼女は、焼けただれた肌と縮れた髪に、焦げた服をまとったまま、町へ行きました。そして宝玉と反物と米を売り払うと、薬を買って村へ帰り、熱にうなされる少年に飲ませたのです。

全てを聞いた少年は、少女が自分を救うために大罪を犯したこと、そして神の怒りを買い、恐ろしい罰を受けることになったことを知って、どうにかして彼女を救おうとしました。嫌がる彼女に有無を言わさず医者の診断を受けさせ、薬を飲ませ、必死に看病をしました。

しかし神の罰はあまりにも強く、それからしばらくして彼女は息を引き取りました。

少年は悲しみと絶望に泣き暮らしましたが、数日が経ったころ、ある覚悟を胸に立ち上がりました。少女に与えられる罰は、これで終わりではないと聞いたことを思い出したのです。

彼女を弔《とむら》ったあと、彼はお金を返すべき人々に平伏して謝罪してから、懐刀を持って池の神様の祠に向かいました。

彼は懐刀で自分の肌を切り裂き、流した血によって少女の罪を詫《わ》びました。それから自らの胸を突き、自分の命を捧《ささ》げるのでどうか彼女を許してほしい、と神様に祈りました。

池のほとりに倒れ伏した少年は、血の海の中で神様の声を聞きました。その怒りは少しも解けてはいませんでした。

――人間ごときの命などで、神を愚弄《ぐろう》した大罪が贖《あがな》えるわけがない、だから、少女は未来永劫永遠に、何度生まれ変わっても苦しみ続けるという罰を受けるのだ。

『それなら僕が代わりに罪を償います』

少年は懇願しました。

『彼女に下《くだ》された罰は、僕が代わりに引き受けます。彼女の罪は全て僕のために犯されたものだから、僕が償うべきです』

少年の必死の訴えに、神様の声は、おもしろい、と笑いました。

――しかし、ただお前を身代わりにしてやるだけではあまりに軽く、容易《たやす》すぎる。だから、こうしよう。

お前に『永遠』を与える。永遠の命を与える。

お前はこれから何百年、何千年経っても、ひとり老いることもなく死ぬこともなく生き続ける。死んだ少女の魂は、新しい命を得てまたこの世に生まれ落ちるだろう。そして、神罰により苦しみに満ちた生を送り、苦渋の死を遂げる。しかしお前が少女の生まれ変わりを罰死の前に見つけ出し、命の危機から助け出すことができれば、その生における死は免れる。少女は天寿を全うすることができるだろう。お前は望み通り少女を救うことができるのだ。

代わりにお前は、――。

『わかりました。それでいい。僕は必ず彼女を探し出し、救い出す。そして身代わりとして罰を受けることを誓います』

少年は目を覚ましました。見ると、刀傷はすっかり塞《ふさ》がっていました。少年は池の神様の力により、永遠の命、死なない身体を得たのです。

それから少年の永遠の旅――命を懸けて自分を救ってくれた少女の魂を探す旅が始まりました。星の数ほどの人々の中からたったひとりを見つけるというのは、思った以上に大変なことでした。めげそうになることもありましたが、少年は愛《いと》しい恋人の面影を思い浮かべながら、自分を叱咤《しった》して探し続けました。

神様の罰は恐ろしいもので、やっとのことで見つけ出した少女の魂は、いつも壮絶な苦しみの中にありました。ひどく貧しい家に生まれて女衒《ぜげん》屋に売られたり、幼くして不治の病に冒されたり、戦禍《せんか》で愛する家族を一気に失ったり、一家で夜逃げをして借金取りに追われ続ける生活をしていることもありました。いつも彼女は大きな不幸に襲われ、悲しみの中で怯《おび》えた顔をしていました。

少年が探し出したときには、すでに死んでしまっていることもありました。飢饉《ききん》で苦しみながら餓死したり、火事に巻き込まれて生きながら焼かれたり、山崩れの下敷きになったり、崖《がけ》から落ちたり、海で溺《おぼ》れたり、馬車に轢《ひ》かれたり、どれもひどく惨《むご》い死に方でした。そのたびに少年は、少女の亡骸《なきがら》を抱いて泣きながら、激しい後悔に苛《さいな》まれました。

それでも少年は、今度こそは彼女の生まれ変わりを救うのだと心に誓い、また未来へと歩き出すのです。

少年はきっと今日もどこかで、彼女を探していることでしょう。どこまでも続く時の中をさまよいながら——。

「おしまい」

そう言って、にっこりと笑いながら原稿用紙を閉じた留生《るい》を、私は呆気《あっけ》にとられて見つめた。

いつの間にか、流れ星を求めて夜空を眺めることなんてすっかり忘れて、物語を読み上げる彼の横顔を凝視していた。それくらい圧倒されていた。予想もしなかった、悲しくて切なくて、そして壮大な物語に。

「……寂しいお話だね」

声を絞り出して、なんとかそれだけを言った。すると留生が、

「どうして？」

と不思議そうに訊《たず》ね返してきた。その顔を見て、逆に私も不思議になる。彼は『少年』の永遠の旅を寂しいとは思わないのだろうか。

「だって、『少年』は、永遠の時をたったひとりで生き続けなきゃいけないんでしょ？　周りの人が年をとって死んでいく中で、彼はひとりだけ変わらない姿で生き続けるんでしょ？　それって、永遠に終わらない孤独だよね。暗闇《くらやみ》にひとりぼっちでいるみたい……。すごく、すごく寂しい旅だよ」

留生の作った物語を聞いて感じたことを素直に口にした。彼が『少年』の生涯を寂しいと感じていないことがもどかしく、そしてどこか不安で、必死に言葉を並べた。でも、彼は小さく微笑み、首を振って否定する。

「きっと少年は、寂しい旅だなんて思ってないんじゃないかな。むしろ、嬉しい旅だよ。愛する人を救えるんだから」

「でも、そんな……」

さらに言いかけたときに、留生が唐突に空を指差して「あっ」と叫んだ。

「今、流れたよ！」

「えっ」

慌てて彼の指《さ》したほうに目を向けたけれど、そこはさっきまでと変わらない、ひどく静かな青い夜空だった。

「流れ星って一瞬だからね。一秒も光らないんだよ」

「うそ、そんな短いの？」

私は驚いて留生を振り向いた。

「そうだよ。たまーに長いのもあるけどね。ほら、次は見逃《みのが》さないように、空に集中しなよ」

留生は私の顔を両手で包み込み、くいっと仰向かせた。

「はーい」と返事をしながらも、内心では突然の接触に動揺していた。さっき抱きしめられたときは平気だったのに、軽く触れられただけでこんなにどきどきするなんて、と自分に呆《あき》れる。

何より、留生が私のあざになんのためらいもなく自然に触れたことに驚いた。私自身でさえ触るのに抵抗があるのに。

彼は前に『君のあざを醜いなんて思わない』と言っていた。ただの慰めだろうと思っていたけれど、もしかして本当に私のあざを醜くないと思っているのだろうか、と都合のいい考えが湧《わ》き上がってくる。

触れられた部分が熱くて、顔が赤くなっているような気がしたけれど、夜だからきっと見えないよね、と自分に言い聞かせてなんとか気持ちを落ち着かせた。

夜が深くなり、真っ黒な森の向こうには満天の星空が広がっていた。風のない清冽《せいれつ》な空気の中で、波ひとつない湖の水面は静まり返り、真上の星空を鏡のように綺麗《きれい》に映していた。

南米かどこかの国に、『天空の鏡』と呼ばれる湖があると何かの本で読んだのを思い出した。確かに、凪《な》いだ湖面はまるで鏡のように景色《けしき》を鮮明に映していた。

数分ほど経ったころだろうか。ぼんやりと眺めていた星空の真ん中あたりに、突然白い線が走った。ほんの一瞬で、あまりにも細くて短くて、目がちかちかしただけかと思ったけれど、すぐに違うと気がつく。

「……えっ、今の、流れ星？　流れ星だよね⁉　留生、見た⁉」

慌てて隣に顔を向けると、留生がにこりと笑ってくれた。

「うん、流れ星だったね」

「やっぱりそうだよね。うわあ、人生初流れ星だ。なんか感動……」

「それはよかった」

思わずはしゃいでしまった私に、彼は幼い子どもでも見るような眼差《まなざ》しで微笑《ほほえ》んで頷《うなず》いた。その優しい表情を直視するのがなんだか恥ずかしくなり、星空に視線を戻すふりをして顔を背ける。

「でも、流れ星って本当に一瞬だね。あんなの、願いごと言う時間とかないね」

照れ隠しに適当な感想を口にすると、隣で留生が少し身じろぎをした。うん、と細く力のない声が聞こえる。

どうしたんだろう、と目を戻すと、留生がやけに悲しそうな微笑みを浮かべていた。

その唇がふいに、かすかに震えるように動いて、「みっつ」と囁《ささや》いた。

「みっつ、お願いがあるんだ」

とても真剣な眼差しで、ひどく切なげな声音だった。

「え？　流れ星に？」

「ううん、千花《ちか》に。聞いてくれる？」

私は目を見開き、私なんかになんのお願いだろうと訝《いぶか》しく思いながらも頷いた。

私なんかに誰かの願いを叶えることなんてできるだろうか、と不安だったけれど、彼の願いなら、私にたくさんのものをくれた彼の願いなら、私にできることはなんでもして、できる限り叶えてあげたいと思う。

留生はふっと息を吐いてから、静かに口を開いた。

「……僕は、千花に、本当の自分を知ってほしい」

突然思いも寄らないことを言われて頭がついていかず、目を見開いて彼の言葉を聞くことしかできない。

「君は本当はとても強い人だよ。自分ではそう思ってないかもしれないけど、まだ気づいてないかもしれないけど、本当の君は、たくさんの痛みや苦しみを乗り越えてここまで生きてきたんだ。とても強くて、優しい人だ。僕はそれを知ってる。そして君にも知っていてほしい」

私は言葉もなく唖然《あぜん》と彼を見つめ返す。またいつものわけのわからない言葉。でも、彼の顔は真剣そのもので、嘘《うそ》やからかいなど微塵《みじん》も感じさせなかった。

「もうひとつ……。僕の目には、君は誰より綺麗な女の子に映る」

「……綺麗？　綺麗って言った？　私が？」

聞き間違いかと思って訊《き》き返したけれど、留生はこくりと頷いた。

「綺麗だよ。僕の目には、世界中の誰よりも君が綺麗に見える。誰がなんと言おうと、君がどう思おうと、僕にとって君がいちばん綺麗なひとだよ」

私は驚きのあまり言葉を失い、ただ隣に座る彼の顔を見つめた。その後ろで、またひとつ流れ星が光るのが見えたけれど、今度はそれを口に出す余裕などなかった。

だからね、と留生がその星空のような瞳《ひとみ》に私を映して呟く。

「……もう二度と、自分のこと醜いなんて言わないで」

ふいに留生は手を伸ばし、そっと私の手を取った。そして捧げもつようにゆっくりと上げて、私の手の甲に額をつけた。まるで何かに祈るように。

「それがふたつめの願い。叶えてくれる？」

うまく声が出せなくて、私はただ首を縦に振った。

「よかった」

留生は本当に嬉しそうに、そしてほっとしたように笑った。それから私の手を握る手にぎゅっと力を込めた。

「ねえ、千花。僕はね……」

彼は言葉を噛《か》みしめるように静かに続ける。

「君が笑ってくれたら、泣きたくなるくらい嬉しい。君が生きてるだけでいいって、心から思う。君が生きてさえいればそれだけで幸せだって、そう思ってる人間が、この世界に確かにいるってことを、どうか忘れないでいて」

なんて優しい言葉だろう。それは純粋に優しさだけでできた言葉だった。彼がただただ私のことを思ってくれていることが、痛いほどに伝わってきた。

きっと私は今、生まれて初めて、こんなにも幸せを願われている。そう思うと、抑えようもなく涙が込み上げてきた。

「……うん。ありがとう」

涙を拭《ぬぐ》いながら顔を上げると、留生が今までいちばん優しい微笑みを浮かべて私を見ていた。

「これからも嫌なことや、つらいことや、悲しいことがたくさんあるかもしれない。でも、僕は君に、生きていてほしい。これが最後の願いだよ」

またひとつ、星が流れる。

「これからも、ずっと、生きていてほしいんだ。死にたいくらいつらいことが君に起こったとしても、今の僕の願いを思い出して……」

留生がふいに私を抱き寄せた。そして強く、でも優しく、祈るように抱きしめる。

「どうか、生きて。生きてね。たとえ……」

彼はゆっくりと、喘《あえ》ぐように、懇願するように言った。

「たとえ、――なくなっても」

かすれた声で耳許《もと》に囁かれた言葉は、あまりにも小さくてよく聞き取れなかった。

「ごめん、よく聞こえなかった。最後、なんて？」

訊ね返すと、彼は薄く笑みを浮かべて「なんでもない」と首を横に振った。

風が吹いて、留生の髪がなびいた。前髪の隙間《すきま》から、傷痕《あと》が覗《のぞ》く。思わず手を伸ばして触れると、彼はくすぐったそうに笑った。

私も少し笑って、それからふと空を見上げると、鏡のような湖の上で、ひときわ大きな流れ星が、長く長く尾を引いて落ちていった。それを知らせようと振り向くと、留生はぼんやりと空を見上げていた。そこに確かにいるはずなのに、なぜかひどく儚《はかな》げに見えて、そのまま闇に溶けて消えてしまいそうな気がした。それで私は何も言えなくなってしまった。

――この日が、私が留生を見た最後になった。

笑顔で私に手を振りながら、「またね、千花」と去っていった彼は、そのまま二度と私の前に現れることはなかった。まるで最初からいなかったかのように、忽然《こつぜん》と姿を消してしまったのだ。

青いコートと、永遠の物語だけを残して。

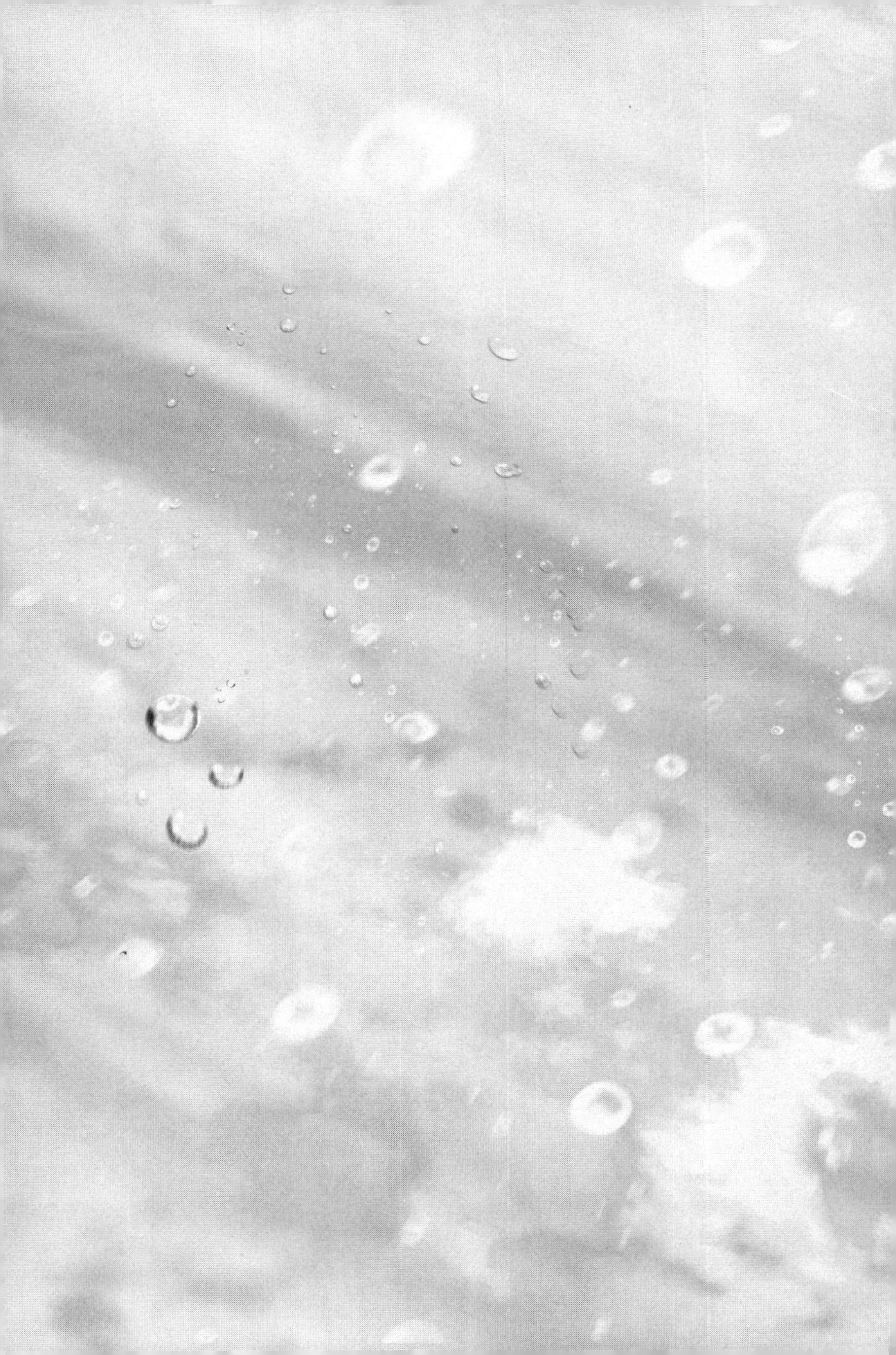

8

空っぽになった金魚鉢

——君の声が失われたのなら、僕の声をあげる。

失って初めてその大切さに気づく、なんて使い古された陳腐な表現だと思っていた。でも、本当だった。

自分から遠ざけて、ひどいことを言って傷つけてしまったことすらあったのに、誰《だれ》もいなくなった隣の席を見るたびに、空っぽの金魚鉢を抱えているような途方もない気持ちになっているなんて、私はなんて愚かなんだろう。

「えー、欠席は染川《そめかわ》だけだな」

教壇から教室をぐるりと見渡した担任が、そう言って出席簿にペンを走らせる。

「染川、どうしたんだろうな」

前の席の男子がその前の女子の背中に小声で話しかけるのが聞こえてきて、私は思わず聞き耳を立てた。

「ゴールデンウィーク明けからずっと休みだよな。もう一週間くらい？」

「えー、もっとじゃない？　二週間近く休んでる気がするけど」

「あー、そうかもな。今まで全然休まなかったのに、急に連続欠席だよな」

「ね。どうしたんだろー」

今度は斜め後ろの席の女子が隣とひそひそと話し始め、私はさらに耳を澄ます。

「不登校ってやつなのかな？」

「かもねえ。だとしたら、理由って何なんだろ？」

「やっぱ定番のいじめじゃない？」

「いじめかな。まあ、なんかちょっと変わってたもんね。誰かに目つけられちゃったのかな」

「かわいそー」

すっかり聞き飽きた、留生《るい》にまつわる無責任で無神経な噂《うわさ》話の数々。私は目立たないように細くため息をついた。頬杖《ほおづえ》をついて窓に目を向ける。

外は相変わらずの雨降りだ。このところ天気はずっと雨続きだった。軒から雨垂れがぽつぽつと絶え間なく落ちていく。天気予報では昼から曇《くも》りになると言っていたけれど、窓ガラスを伝い流れていく水を見ていると、この雨がやむなんて信じられなかった。

あの日、ずっと抱えていた苦しさが爆発して、死に引き寄せられていた私を救い出してくれた留生は、私を家まで送ってくれたあと、笑顔で立ち去って以来、一度も姿を現していない。長い連休が明けて、学校が始まったとき、彼は教室に現れなかった。

携帯電話を持っていない彼とは、連絡を取る手段がなくて、休みの理由を聞くことさえできなかった。初めの二、三日は、あの日私のせいで雨に濡《ぬ》れてしまったから風邪《かぜ》をひいてしまったんじゃないかと思い、心配しながらも彼が戻ってくるのを待っていた。でも、一週間が経《た》つころには、体調不良が欠席の原因ではないのだろうと薄々勘づいた。そして、担任が不自然なまでに留生の欠席の理由について触れないことから、彼は自分の意志で休んでいるのだと悟った。

一体留生は何者だったんだろう、と、もう何度目かもわからない考えを巡らせる。

ずっと一緒にいたような気がしたけれど、彼と共に過ごした期間は、今になって思えばほんの一ヶ月にも満たない間だった。

彼はなんだったんだろう。なんのために、どんな目的で私の前に現れたのだろう。そして、なぜあんなに突然呆気《あっけ》なく姿を消してしまったのだろう。

最初から最後まで、彼についてはわからないことだらけだった。わからないから、こんなに気になってしまうのだろうか。

空っぽの金魚鉢を抱きしめながら、答えなど出るわけのない問いをえんえんと繰り返す。

私はまたふっと息を吐いて、濡れた窓ガラスの透明な模様を意味もなく見つめた。

雨はまだまだやみそうにない。


「あ、おかえり」

玄関で靴を脱いでいると、洗面所から出てきたお姉ちゃんに声をかけられた。慣れなさに少しそわそわしながら、「ただいま」と小さく答えた。

「千花《ちか》、最近帰ってくるの早いね」

「あー、うん……図書館に行くのやめたから……」

留生が姿を消して以来、図書館には行っていなかった。ふとした拍子に、何気なくいつも彼が座っていた向かいの席に目をやってしまい、その不在を改めて思い知らされて、勉強にも読書にも全く集中できなくなってしまったのだ。

彼と過ごす放課後の時間が穏やかで気に入っていたからこそ、今は思い出の場所に行くのがつらかった。

「ふうん、そうなんだ」

お姉ちゃんはさほど興味がなさそうに頷《うなず》いた。

以前までは、こういう反応をされると、『私のことが疎《うと》ましくて気にくわないからこんな態度なんだろう』と考えていた。

でも今は、彼女に対する見方が少し変わった。別に私のことがどうこうではなく、彼女にはもともと誰に対してもさっぱりしたところがあって、相手のことに立ち入って根掘り葉掘り話を聞こうとしたりしない性格なのだ。人は人、自分は自分、というふうに線引きをきっちりしている。だから、少しそっけなく見えてしまうこともあるというだけなのだ。

私はそれをずっと『嫌われているから無視されている』と思っていたけれど、たぶん被害妄想だったのだと思う。今思えば、両親とは違って、お姉ちゃんは私のことを罵《ののし》るような言葉を投げつけてきたことは一度もなかった。ただ私が一方的にコンプレックスを抱き、優秀な彼女は私を馬鹿《ばか》にしているに違いない、と思っていただけなのだと、今になって気がついた。

「あ、ねえ千花」

二階へと上がろうとしていたお姉ちゃんがふいに私を呼んだ。私は洗面所に入ろうとした足を止めて振り向く。

「友達からもらったお菓子あるんだけど、一緒に食べる？」

「えっ、いいの」

「いいから誘ってるんでしょ」

彼女はおどけたように言った。前はこういう言葉をかけられると『苛々《いらいら》させてしまったんじゃないか』と固くなってうつむいていたけれど、ちゃんと顔を上げてその表情を見れてみれば、それは自分の思い込みだとすぐにわかった。

「うん……ありがと」

素直に答えると彼女はふっと相好を崩した。

「じゃ、上で待ってるね」

お姉ちゃんはそう言って、とんとんと軽やかな足音を立てながら階段をのぼっていく。

こんなふうにお姉ちゃんと軽い調子で話せるほどに距離が縮まったのは、留生と会った最後の日がきっかけだった。あの日、家の近くまで送ってくれた彼と別れて帰宅した私は、もう雨はやんでいるのに雨合羽《あまがっぱ》を着て家の前で立ち尽くしているお姉ちゃんを見つけた。あまりにも異様な姿だったので、思わず『何してるの』と声をかけたら、返ってきたのは『ふざけんな！』という答えだった。親以外から怒鳴られたのは初めてだった。

お姉ちゃんは、私が家を飛び出してから心配してずっと近所を探し回ってくれていたらしかった。でも何周しても見つからなかったので、仕方なく家に戻ってきて私の帰りを待っていたと言った。まさか私のことを心配してくれていたなんて思いもしなくて、何とも言えないくすぐったい気持ちになった。

お姉ちゃんは私の濡れた身体《からだ》を拭《ふ》くためのタオルを用意してくれて、そのあとさらに、もう痛くないから大丈夫だと言ったのに、お母さんにぶたれた頰《ほお》を冷やすための保冷剤もハンカチに包んで持ってきてくれた。

それからお姉ちゃんの部屋で話をした。

『お母さんにも困ったもんだね。まあ、どっちかというとお父さんのほうが重症だけど。お父さんは仕事のストレスをお母さんに罵声《ばせい》を浴びせることで発散して、お母さんはお父さんから怒鳴られたストレスを千花にぶつけてるんだよね。あの人たち、ほんと親失格』

その言葉に、私は思わず絶句した。まさか彼女がお父さんたちのことをそんなふうに思っていたなんて、と驚いたのだ。だって、私と違って可愛《かわい》がられているし、誇らしく思われているし、褒められてばかりだろうに。

そんな感想を正直に告げると、お姉ちゃんは眉《まゆ》を下げてどこか自嘲的に笑った。

『あの人たちはさ、私自身のことを可愛がってるわけじゃないから。私の成績とか、私に対する周りからの評価を自慢してるだけ。自分たちの世間体にとって有益な部分だけを愛してるの。そんなの本当の愛じゃないでしょ。実際、私の中身とか私の気持ちについてはなんにも考えたことないと思うよ』

虚《うつ》ろな目つきに、淡々とした口調だった。

『自分たちの人形が周りから羨《うらや》ましがられるような価値あるものかどうかが大事なの。その人形を自分がどう思うかは大事じゃない。子どもは自分たちの世間体を守るのと評価を上げるために必要なものとしか思ってない。表面だけの薄っぺらい偽物の愛だよ。私たちはそんなのが欲しいわけじゃないのにね。それがお父さんにもお母さんにもわからないの。自慢に思われなくたっていいから、存在そのものを受け入れてありのままで愛してほしい、っていう子どもの気持ちがわからないの。寂しい人たちだね』

私は、お姉ちゃんは親に愛されて可愛がられて自慢されて、なんて幸せなんだろう、と羨ましく思っていた。でも、彼女だって親からの愛に飢えていた。

そのことを知って、私のお姉ちゃんに対する心の距離が急速に縮まった。どうしようもない親を持った姉妹として、私たちの間に仲間意識と連帯感のようなものが生まれた瞬間だった。

『今までごめんね』

話の最後に、お姉ちゃんが唐突に言った。

『千花がお父さんたちからひどい目に遭ってること、わかってた。でも、あの人たちともうこれ以上関わりたくないって、どうせ何を言ったってわかってくれない、たくさん勉強して県外の大学に合格して早く家を出よう、ってことばっかり考えてて、受験勉強に熱中するふりして家のことは見ないようにして、家にいる時間も極力少なくして……、たったひとりの妹なのに千花のことほったらかしにしちゃってたね』

私は慌てて首を振った。両親のことを恨んだことはもちろんあるけれど、お姉ちゃんに対して、嫉妬《しっと》や羨望《せんぼう》、劣等感以外の負の感情を抱いたことなど一度もなかったのだ。

それなのに、彼女は心底申し訳なさそうに表情を曇らせていた。それが居たたまれなかった。

『私、千花と違って人の気持ちを深く読み取ったり気を遣ったりするのが苦手だからさ、集中すると周りのこと見えなくなっちゃうんだよね。勉強ばっかりして、家のことから目を背けてた。ごめんね、千花』

そんなふうに言ってもらえたのは初めてで、頬が熱くなった。私はただ、醜い自分がどう見られているのかが常に気がかりで、周りの顔色を窺《うかが》ったり人の目を気にしすぎたりしているだけなのに。

その日を境に、お姉ちゃんとの関係が劇的に変わった。昔から、可愛くて綺麗《きれい》な顔をしていた彼女と並ぶのが嫌で、いつも距離を取っていた。でも、自分の見た目など気にしていなかった幼いころには、私はお姉ちゃんのことが大好きで、いつも後ろをついて回っていたことを思い出したのだ。

まだ少しぎこちなさは残っているけれど、誰も味方がいないと思っていた家で、普通に会話ができる相手がいるということは、私にとっては奇跡のようなことだった。

階段をのぼってお姉ちゃんの部屋の前に立つと、開けたままのドアの向こうから「入って」と手招きされた。私は頷いて中に入り、お菓子が用意されたテーブルの前に腰を下ろす。

「はい、好きなだけ食べて」

「ありがと」

私がお礼を言うと、彼女はにこっと笑ってチョコレート菓子の包みを開け始めた。横にはマグカップに入ったホットミルクまで用意してある。

こんな穏やかな時間をお姉ちゃんと過ごせる日が来るなんて、予想すらできなかった。もう死んでしまおうと思って行動を起こしたことがきっかけで、こんないい変化が訪れるなんて驚きだ。

チョコレートを口に含みながらふと視線を上げると、床に置かれた学生鞄《かばん》がぱんぱんに膨らんでいるのが目に入った。教科書や参考書がたくさん入っているんだろう。お姉ちゃんは今年、受験生だ。

「勉強はどう?」

ほとんど無意識に言葉が出た。お姉ちゃんが目を見開いてこちらを見る。びっくりしているような顔だ。

「え……何？」

訊ねた自分のほうが戸惑って問い返してしまう。彼女はぱちりと瞬きをしてから言った。

「なんか、千花、変わったね」

「……そうかな」

「うん。今までは家族に対しても、なんか遠慮してるっていうか、そういうふうに何か訊《き》いてきたりすることなかったでしょ」

確かに、家族が何をしているにしても、とにかく邪魔をしてはいけないという気持ちが強くて、よほどの用事がなければ親にもお姉ちゃんにも自分から話しかけることはなかった。

「なんか嬉《うれ》しいよ、そういうの。姉として」

そんな言葉が返ってきて、むずがゆさに居たたまれなくなる。

「ほんと変わったなと思う。それに、ちゃんと顔上げて、目を見て話すようになったっていうか」

お姉ちゃんが目を細めて言った。

そういえば学校でも、前ほどずっとうつむいてばかりでもないかもしれない。それは、どう考えても留生の影響だと思う。彼はいつも私の顔を覗《のぞ》き込むようにして、まっすぐな眼差《まなざ》しを向けてきた。だから私のほうも下を向いて答えるわけにはいかなかったのだ。そうやって少しずつ、顔を上げて相手の目を見て話すことができるようになったのだと思う。

自然と留生のことを考えてしまい、その面影が胸をよぎって、奥のほうがちくりと痛んだ。でも、そんなことは感じないふりをして目をつむり、私はお姉ちゃんとの会話に無理やり意識を向けた。

そうやって忘れていくしかない。だって、消えてしまったものはもう戻らない。失ってしまったものは二度と手に入らない。だから、忘れるしかないのだ。


昼休み。いつものようにさっさと昼食を終えて文庫本を取り出す。

みんなは席を移動して仲の良い人たちとグループを作ってお弁当を広げているけれど、私は入学してからずっと自分の席でひとりで食べていた。

留生が学校に来ていたころは、別に示し合わせていたわけではないけれど、彼は隣の席でコンビニのパンやおにぎりを食べながらいつも私に何かと話しかけてきていたので、何となく一緒に食べているような雰囲気になっていた。

でも、今は留生はいない。騒がしい教室の隅っこで、ひとり口を動かしていると無性に虚《むな》しい感じがして、少しでも早く食事を終えて本の世界に没頭したかった。

集中するにつれて周囲の物音や話し声がどんどん遠ざかっていく。自分だけの静寂の中で、ページをめくるかさりという音だけに耳を澄ます。

黙々と活字を追っていたとき、廊下のほうから大きな声が聞こえてきて、反射的に顔を上げた。隣のクラスの男子がふざけ合っているのが見える。いつも大声で騒いでいる目立つ集団だ。

本に目を戻そうと視線を動かした拍子に、たまたま私の横を通り抜けようとしていたらしい女子とふいに目が合った。

川原《かわはら》さんという、いつも落ち着いていてあまり周りと騒いだりしない大人《おとな》っぽい感じの子だ。もちろん話したことはない。それなのに目が合ってしまった気まずさと緊張で、一気に落ち着かなくなる。

すぐに目を逸《そ》らして、何事もなかったような顔をして平静を装おうかと思った。でも、確かに目と目が合ったのにあからさまに無視するなんて失礼だと思い直す。私は目を合わせたままでできる限りの柔らかい表情を作り、軽く会釈をした。我ながらぎこちない表情と動きだ。

でも、川原さんはにこりと笑ってくれて、予想外なことに私の真横で足を止めた。私は驚きで硬直してしまう。

微動だにできずにいる私の目の前で彼女が少し身を屈《かが》めるようにして言った。

「藤野《ふじの》さんって、いつも本読んでるよね」

私は「えっ」と目を丸くして川原さんを見上げた。まさかこんなふうに話しかけられるなんて思いもしなかったので、言葉が出てこなくなってしまった。絶句する私に、彼女はにこやかに続ける。

「ね、よかったら、何読んでるか教えてくれない？」

そう言って私が広げている文庫本を指差す。私は驚きでぎこちない動きのまま、こくりと頷いた。

「あ、実は私もよく本とか読むんだけど、最近、自分で気になるものは読み尽くしちゃった感があって、誰かにおすすめ教えてもらって新しい境地を開拓したいなーって思ってるんだよね」

ああ、それはすごくわかる、と思った。私も最近は、自分のアンテナに引っかかるものはたいてい手に取ってしまったからか、書店や図書館に行っても、なかなか新しく気になる本との出会いがなくなってきたなと思っていたのだ。

彼女に共感を覚えたせいか、急速に緊張が和らいでいく。

「だから、藤野さんいつもどんなの読んでるのかな、何かいい本教えてもらえないかなってずっと気になってたんだ」

私はまた「えっ」と声を上げてしまった。今まで、いつも教室の片隅で自分の世界に入っている私なんて、クラスの誰からも気にされていないだろうと思っていた。それなのに、まさか彼女が私に関心を持っていたなんて、驚いてしまう。

「で、今さっき目が合ったから、これはチャンスだ！　と思って」

川原さんが本当に嬉しそうな表情で小さくガッツポーズを作りながら言った。私も自然と笑みを浮かべて頷く。それから今読んでいた本を閉じて表紙を彼女に見せた。

「私この作家さんが好きで、よく読んでるんだ。これはこの前出た新刊」

「へえ。名前は聞いたことあるけど、読んだことはないな。面白い？」

「面白いっていうか、淡々と日常が流れていくだけなんだけど、その日常の描き方が独特な雰囲気があって好きなんだよね」

「そうなんだ、よさそう。今度買ってみよ。あ、でも今月は映画とか観《み》に行っちゃって金欠だから、来月のお小遣いもらってからかな……」

川原さんが眉を下げて情けない表情を作る。私は慣れないことに少しどきどきしながら「もしよかったら」と口を開いた。

「これ、貸そうか？　もう少しで読み終わるから」

私の申し出に、彼女の顔がぱっと明るくなった。

「え、いいの？　嬉しい」

「いいよ、もちろん」

「やった。あっ、じゃあ、お礼に私のおすすめ貸そうか？　こないだ読んで、主人公のキャラが強烈ですごく面白かったんだけどね……」

そう言って彼女が名前を挙げた小説は、私はまだ読んだことがないものだった。「読んでみたいな」と首を縦に振ると嬉しそうな笑みが返ってくる。

「よしっ、じゃあ、さっそく明日持ってくるよ」

「ありがとう」

私が答えたと同時に昼休みの終わりを告げるチャイムが鳴り、彼女はにこにこしながら「おすすめ交換、楽しみにしてるね」と手を振って去っていった。

その後ろ姿を見送りながら、胸の高鳴りを自覚する。こんなふうに誰かとお気に入りの本について話したり、さらにおすすめの本を交換したりする日がくるなんて、想像すらしていなかった。

留生のおかげだ、と思う。彼が私に何度も何度も話しかけて、笑いかけてくれたから、うまく会話をすることさえできない私の隣にいてくれたから、私は少しずつ人と向かい合って話すことに慣れることができたのだ。そのおかげで、お姉ちゃんとの関係も、クラスメイトとの関係も変化し始めている。

一緒に過ごしたのはほんの短い間だったけれど、留生は私にとても大きなものを残してくれた。それなのに、私は彼に何ひとつ返せないまま、お礼さえもちゃんと言えないまま、会えなくなってしまったのだ。そう考えると、胸の奥がずしりと重くなる気がした。

放課後、川原さんがまた声をかけてくれて、せっかくだからと連絡先を交換した。私の携帯電話に家族以外の番号が登録されたのは初めてだった。

くすぐったくて照れくさくて、気を抜くとすぐに頬が緩みそうになるのを必死に抑えながら帰路についた。途中で本屋に寄り、新刊を物色しているとあっという間に二時間ほどが経っていた。それでも高揚した気分はまだ続いていた。

でも、ふわふわした気持ちは、家に帰って玄関のドアを開けた瞬間に、一気に萎《しぼ》んでしまった。奥から激しい物音と怒鳴り声が聞こえてきたのだ。

さあっと体温が下がっていくような感じとともに、世界が暗くなっていく。またか、という諦《あきら》めに似た思いと、いい加減にしてくれ、という苛立《いらだ》ちとが同時に込み上げてくる。

ドアを半開きにしたまま玄関に立ち尽くしていると、洗面所からお母さんの歪《ゆが》んだ顔が現れた。私に気づくと、さらに歪みがひどくなる。

「そんなところで何ぼーっと突っ立ってるのよ！　埃《ほこり》が入ってくるから早く閉めなさいっ！」

ヒステリックな叫び声。私は反射的に「ごめんなさい」と言ってドアを閉めた。

のろのろと靴を脱いでいると、腕組みしながらこちらを眺めていたお母さんの目が、私の左手にある書店の袋の上に止まったのがわかった。

「また本を買ってきたの？」

苛立ちを隠さない声。しまった、と後悔の念が押し寄せてくる。普段はばれないように鞄の中に入れて持って帰ってくるのに、今日はいつもと違う出来事が起こって調子が狂っていたのか、すっかり忘れていた。

「私が忙しくしてるのに、手伝いもしないで遊び歩いて、いい気なもんね」

お母さんはきつく眉根を寄せて睨《にら》みつけてくる。

いつもなら、うつむいて顔を隠して、ただ嵐《あらし》がおさまるのを待っている。でも、今日はなぜか、嵐に吹き荒らされた海面が激しく波立つように、胸のざわめきを抑えられなかった。

どうして怒られているんだろう。お小遣いで買っているのになぜ文句を言われなければならないんだろう。理不尽さに対する怒りが込み上げてくる。ぐっと唇を噛《か》み、拳《こぶし》を握りしめた。

そのとき、リビングからまたお父さんの怒鳴り声が聞こえてきた。酔っているのか滑舌が悪く、何を言っているかはわからないけれど、お母さんは肩を震わせて「すみません！」と大声で言った。お父さんが声を荒らげると条件反射で謝ってしまうのだろうと思う。私と同じだ。

そう思った瞬間、なんだか無性に虚しくなった。お互いの顔色を窺い、怒鳴ったり怒鳴られたりして、びくびくしているだけの家。こんな家族に、一緒にいる意味なんてあるのだろうか。

「早く入りなさいっ！」

お父さんに怒鳴られた分を取り返すかのように、お母さんが私に厳しい声を投げつけてきた。

私は虚しさを抱えたまま言いつけに従う。

「そんなに暇なら、洗い物くらい手伝いなさい。お母さん、今日仕事が急に残業になって大変だったのよ。ご飯もまだ作れてないんだから、少しくらい役に立ったらどうなの」

お母さんがぶつぶつ言う言葉が頭の中を素通りしていく。それでも操られているかのように足が勝手に台所に向かった。

「なんだお前、帰ったのか」

お父さんが私に気づいて言った。やっぱり缶ビールを手に持っている。私はうまく言葉が出ずに、黙ったままシンクの前に立った。

「相変わらず陰気なやつだな。母親にそっくりだ。百花《ももか》みたいに俺《おれ》に似ればよかったのになあ」

嫌味たらしい口調でぶつけられる言葉を聞きたくなくて、蛇口を最大限までひねる。勢いよく水が流れ出したけれど、お父さんの声をかき消してはくれなかった。

「顔はもう仕方ないとして、せめて成績くらいよければ恥ずかしくないが、なんの取り柄もないようじゃ世間様に見せられないぞ」

シンクに叩《たた》きつけられる水音と、心底呆《あき》れたようなお父さんの声が、頭の中で渦《うず》を巻いてぐちゃぐちゃになる。

お母さんはお父さんの小言の対象が自分から離れたことでほっとしたのか、顔の歪みはなくなって今度は無表情に晩ご飯の下ごしらえを始めている。

でも、お父さんは再びお母さんに矛先を向けた。

「お前がちゃんと見てないからだろう。働いてもいないくせに、まともに育児もできんのか。どうしようもないな、母親失格だ」

お母さんは働いていないわけではない。パートをしている。でも、お父さんはパートを仕事とは認めていない。『大企業の正社員』しか『まともな仕事』と認めない、差別と偏見の塊のような考え方をしているのだ。こんな人が自分の父親なんだと考えると嫌気が差す。

お母さんはまた口許《もと》を歪めた。その横顔を見ていると、胸の奥底で何か赤いものがふつふつと沸き上がってくるような気がしてきた。

「ったく、ふたりして黙り込んで……陰気くさくてかなわん」

誰が暗くしてるのよ、と叫びたくなった。でも、もちろん言い返すことなどできない。私もお母さんも、やっぱり黙りこくることしかできない。長年の習性なのか、お父さんの機嫌が悪いときは何を言われても黙っているのが最善の策だと思ってしまう。反論なんてした日には、火に油を注ぐだけだとわかっていた。

それでも、なぜか今日はいつものように心を平らにして聞き流すことができない。身体の中から次々に込み上げてくる熱いものが、今にも私の口を押し開こうとしているのだ。

「……少しくらい言い訳でもしたらどうなんだ！」

黙り込んでいる私たちにしびれを切らしたのか、お父さんが唐突に怒鳴り声を上げた。

「陰気くさいお前らといると、カビでも生えてきそうだ!!」

空き缶が壁に投げつけられた。窓枠に当たり、金属的な音が耳をつんざく。お母さんが肩を震わせた。私もびっくりして洗っていたコップを取り落とす。運悪く皿に当たってしまい、高い音を立てて真っ二つに割れた。

「皿を割ったのか!?　誰の金で買ったと思ってる!!」

お父さんが振り向いて怒鳴った。

「お前たちは本当に、俺を怒らせるために生きているようなものだな！　俺の稼いだ金で生活できてるんだから、せめて俺の恥にはならないように、迷惑だけはかけないように、最低限のことだけでもまともにこなしてくれよ!!」

なんとか持ちこたえていた最後の糸が、ぷつりと切れた。気がついたら、泡まみれのスポンジをお父さんに向かって投げつけていた。

軽すぎるスポンジは空気の抵抗を受けて軌道がぶれ、標的には全く届かなかったけれど、お父さんは驚いたようにこちらを見ている。その間抜け面に向かって、私はまっすぐに顔を上げて口を開いた。

「……いい加減にしてよっ‼」

叫んだ瞬間、喉《のど》が切れたようにぴりっと痛んだ。こんなに大きな声を出したのは、たぶん赤ん坊のころの泣き声以来だろう。自分の意志で人に大声をぶつけるのは生まれて初めてだった。

喉はちりちりと痛み続けていたけれど、そんなことはどうでもよかった。私はシンクの縁をぎゅっと握りしめてさらに言葉を続けた。

「お父さんにとって家族は、妻や子どもは、自分の価値を上げるためのものなの⁉　自慢できるとか、恥をかかせるとか、そんなことばっかり！　私たちをなんだと思ってるの⁉」

お父さんはぽかんと口を開けている。視界の端ではお母さんも唖然《あぜん》としているのが見えた。

私の生まれて初めての反抗。驚かれるのも当然だ。

こんなことをしたらどうなるのかなんて考える余裕はなかった。後のことなんてどうでもいい、とにかく今胸に渦巻いているこの怒りをぶつけずにはいられない、という思いで頭がいっぱいだった。

「ふざけないでよ！　私たちはお父さんの付属物じゃない‼　私もお姉ちゃんもお母さんも、お父さんのプライドを満たすために生きてるわけじゃない‼」

今までずっとため込んできたものを一気に吐き出す。ぱんぱんに膨れていた風船に穴が開いて、そこから空気が勢いよく噴き出していくように。

「お母さんも！」

噴き出したものはもう止められない。呑《の》み込み続けていた怒りがとうとう溢《あふ》れたのを抑えることなどできず、私は今度はお母さんに向けて言葉を投げつける。

「どうして私に八つ当たりばっかりするの？　お父さんに怒鳴られて嫌な思いしてるのはわかってるけど、でも、私はお母さんのサンドバッグじゃないの！　言葉でも手でも殴られたら痛いし悲しいんだよ‼」

お母さんは口を半開きにしたまま、絶句したように私を凝視していた。振り向くと、お父さんも同じ顔をしている。

私はすうっと息を吸い込んで、ゆっくりと吐き出した。

「……ふたりとも、どうしてそんなになっちゃったの？」

ずっと昔、物心ついたばかりのころ、家族四人で出かけたときのことをふいに思い出した。どこかの大きな公園で、桜並木の間を、四人並んで手をつないで歩いた。暗闇《くらやみ》の海の底深くにぽつりと沈んでいる宝石のような、灰色の記憶ばかりの私の人生の奥底でひっそりと輝いている思い出。すっかり忘れていたそれを、掬《すく》い上げて胸に抱きしめる。

私が口をつぐむと、沈黙が訪れた。家中が深海に沈んだかのような沈黙だ。

そのとき、がちゃりと玄関のドアが開く音がした。お姉ちゃんが帰ってきたのだ。

「……何これ、どういう状況？」

硬直している両親と立ち尽くしている私、そして床に転がる空き缶とスポンジを見て、お姉ちゃんが怪訝《けげん》そうな顔で小さく言った。うまく説明できる言葉を思いつかなくて、私はぽつりと呟《つぶや》く。

「全部……言っちゃった」

お姉ちゃんは私をじっと見て、ぱちりと瞬きをしてから、「そっか」と頷いた。何があったか、私が何を言ったか、あの一言でわかってくれたのだろうか。黙って見つめ返していると、お姉ちゃんはぱっと満面の笑みを浮かべた。

「よくやった！　がんばったね、千花」

そう言って駆け寄ってきたお姉ちゃんが、ぽんぽんと頭をなでてくれた。

「ありがとう。本当は、お姉ちゃんなんだから私が言わなきゃいけなかったのに、千花が言ってくれたんだね」

優しい声に、涙腺《るいせん》がじわりと緩むのを感じた。手のひらで目を押さえて首を振る。

何も言えずにいると、お姉ちゃんが「お父さん、お母さん」と呼ぶ静かな声が聞こえてきた。

私は目を上げて彼女を見る。

「これ、初めて言うけど……私ね、県外の大学を受けるつもり。合格したら家を出るよ」

お父さんとお母さんが驚いたようにかすかな声を上げた。進路の話はしていなかったのだろうか。もしかしたら、地元の大学を受験すると親には言っていたのかもしれない。

お父さんは昔から、『馬鹿な女はもちろん論外だが、賢すぎる女も生意気だ』とか、『女は学歴が高すぎると可愛いげがなくなる』とか、『娘を地元から出すつもりはない』と言っていたから、たとえお姉ちゃんが進路について話してもまともに取り合ってはくれなかっただろう。それがわかっていたから、彼女は今まで自分の志望を秘密にしていたんだろうと思った。

「こんな家早く出たいって、ずっと思ってた。世間体ばっかり気にして家族の気持ちも考えずに、酔っぱらって怒鳴ってばっかりのお父さんも、それに逆らえないでただ我慢してるだけで、千花にひどいこと言って当たり散らすお母さんも、もう嫌だ。見たくない」

包丁を握りしめているお母さんの手がぴくりと震えるのが見えた。うつむいた横顔に苦い色が滲《にじ》んでいる。お父さんのほうを見ると、何を考えているのかわからない顔をしていた。

何も言わないお父さんとお母さんに向かって、お姉ちゃんはさらに言葉を続ける。

「ふたりとも、私たちのことなんてどうでもいいと思ってるでしょ？　子どもたちのことちっとも顧みないで自分のことばっかりの親なんて、悪いけど、もういらない」

静かだけれど、きっぱりとした口調だった。やっぱりお姉ちゃんはすごいな、と思う。私みたいに感情的に支離滅裂《しりめつれつ》な言葉をぶつけるのではなく、冷静に論理的に自分の考えを伝えようとしていた。

「千花もこんな家に生まれて運が悪かったね。他《ほか》の家に生まれてたら、きっともっと明るくて、自分に自信が持てる子になってたよ。親から頭ごなしに否定されて育って、自分のこと肯定できるわけないよね」

お姉ちゃんが私の肩を抱きながら囁《ささや》くように言った。私は無意識に右手で顔のあざに触れる。私を悩ませ、苦しめてきた醜いあざ。でも、お姉ちゃんは一度もこれを嘲笑《あざわら》ったり憐《あわ》れんだりしなかったことに気がついた。私と違って美しい彼女を見て、私が勝手に卑屈になっていただけなのだ。

「ね、千花。思ってること、ため込んでたこと全部ぶちまけられた？」

ふいに訊ねられて、私はこくりと頷いた。

「すっきりした？」

お姉ちゃんがにやりと笑って言う。私はまた頷きながら、そうか、これがすっきりしたということか、と思った。私は今までの人生で一度もこういう感情を持ったことがなかったのだ。

すうっと深呼吸をする。なんだか空気が綺麗になったような、世界が明るくなったような気がした。自分の気持ちを抑え込んでいた蓋《ふた》を取っ払って、感情を爆発させて言いたいことを全《すべ》て口に出せたら、こんな気持ちになるのか。とてもいい気分だった。

まだ呆然《ぼうぜん》としたままの両親を置いて、私たちは二階にのぼった。お姉ちゃんの部屋の前で別れる前に、彼女は大きく伸びをして「あー、すっきりした」とさっぱりした笑みを浮かべた。それから、「あのさ、ひとつ言っときたいんだけど」と私に向き直る。

「私ね、親にはなかなか歯向かえなくて、今まで守ってあげられなかったけど……、もしも、たとえばどっかの誰かが千花に危害を加えたとしたら、殴り飛ばしに行こうって思うくらいには、千花のこと大事に思ってるよ」

私は一瞬息を呑んでから、「ありがとう」と笑い返した。柔らかく微笑《ほほえ》みかけてくれるお姉ちゃんの顔が、じわりと込み上げてきた涙に滲んだ。

9 降りやまない雨の中

――君が幸せを忘れたのなら、僕の幸せを全部あげる。
――君が命の終わりを迎えるのなら、僕の命を全部あげる。

私は今、鏡の前に立っている。生まれて初めて、こんなに真正面から自分と向き合い、まっすぐに自分の顔を見つめている。
私を苦しめ続けてきた醜いあざ。額から頬《ほお》まで広がるそれをそっと撫《な》でた右手で、鋏《はさみ》をつかんだ。

ずっと変化のなかった、これからも変化しないだろうと思っていた日々に、大きな変化が起こった。深海のように暗く静かだった私の世界に、柔らかい光が射《さ》して、優しい音が生まれた。

それは留生《るい》のおかげだ。私が行動を起こし、声を出せるようになったきっかけは、留生だった。彼が私を見つけてくれて、彼と出会って、彼が私に働きかけてくれたからこそ、私は顔を上げていられるようになり、お姉ちゃんと話せるようになって、友達ができて、親に思いをぶつけることができるようになった。私の世界を変えてくれたのは、留生だった。

ほんの短い間だったけれど、留生と過ごした時間は、私の十六年間の人生全ての時間を合わせたよりもずっと密度が濃かった。私にとって留生は、本当にかけがえのない存在なのだ。

留生に会いたい、と思った。もう彼はいなくなったのだから諦《あきら》めよう、もう終わったこととして処理しよう、と思っていたけれど、やっぱり無理だ。そんなことはどうでもよくて、とにかく会いたい。どうしたいとか何の話をしたいとか、具体的なことなんて何も考えられないけれど、とにかくもう一度会って、顔を見て、声を聞きたかった。

右手につかんだ鋏を目の前で水平に開いて、次の瞬間には思い切り閉じた。ジャキン、という小気味のいい音。同時に、私の顔を覆い隠していた前髪が断ち切られた。外界と私を隔てていたものが、私から切り離された。

ずっと身にまとっていた衣服をはぎとったような心許《もと》なさに襲われる。でも、切らないといけないと思った。世界がよく見えるように。大切なものを決して見逃《みのが》したりしないように。

私を見つけてくれた留生を、今度は私が見つけるために。

とはいえ、人探しをするのは初めてのことで、まずは何をすればいいのかを考えることから始めなければいけなかった。

私は留生の連絡先も、住んでいる場所も知らなかった。約一ヶ月の間、毎日のように朝から夜遅くまで一緒に過ごしていたのに、こんなにも何も知らなかったなんて。

思えば留生はたくさん私に話しかけてくれたけれど、それは全部私の話を引き出そうとするもので、自分の話は全くしなかった。私が訊《たず》ねて初めて、ひどく簡潔に必要最低限の答えだけを口にするくらいだった。転入当初クラスの人たちから色々と質問されていたときも、趣味はないし、テレビや映画も観《み》ないし、音楽も聴かないと言っていた。携帯電話さえ持っていなかった。

初めから不思議な人だと思っていた。どこか現実味がなく、ふわふわと宙に浮いているような。教室には彼がいた痕跡《こんせき》なんてひとつも残されていなくて、ただ誰《だれ》も座らない席がぽつりとあるだけ。

まるで、いつでもすぐに消えられるようにしていたみたいだ。ふっと湧《わ》いた自分の考えに、背筋がすっと寒くなるような感覚を覚えた。でも、そんな不穏な思いつきが、心にこびりついて離れない。

留生はもしかして、初めから姿を消すつもりだったんじゃないだろうか。だから携帯電話も持たず、誰にも連絡先を教えず、必要以上に人と関わることもなく、自分のことを話さないまま、ある日突然、誰にも言わずに何も残さずにいなくなってしまったんじゃないだろうか。

もしかしたら、このままだと、本当に二度と会えなくなってしまうかもしれない。そんな不安と恐れが急激に込み上げてきた。

焦りに突き動かされた私は、まずは学校以外で彼に会った場所、公園と図書館に行ってみることにした。その他《ほか》に彼がいる可能性のある場所を知らなかったからだ。

一週間、毎日学校帰りに図書館に行き、閉館したら公園へ行って、留生が現れるのを待つ。いつ来るかもわからない人を、そもそも来るかどうかさえ確信の持てない人を、ただひたすら待っていると、まるでいつ崩れるかわからない雲の上に立っているかのような気持ちになった。

留生が公園で私を待ち続けていたという一ヶ月の間、彼もこんな心許ない思いをしていたんだろうか。

でも、予想はしていたものの、彼が現れることはなかった。そもそも彼は自分の意志で私の前から姿を消したのだろうから、私に会う恐れのある場所には来なくて当然だと思った。

初めて会ったころ、留生が言っていた。ずっと私を探していて、やっと見つけたと。遅くなってごめん、とも言っていた。その言葉にどんな意味が込められてあるのかも、なぜ彼が私を探していたのかも、どれくらいの期間探していたのかも、何もわからないけれど、ただ、彼がとてつもない思いを持って私を探し、きっと想像すらできないほどの努力をして私を見つけてくれたことだけはわかった。私よりもずっと持っている情報は少なかったはずだから、容易《たやす》いことではなかっただろうに、それでも私を探して、見つけてくれたのだ。

今度は私が見つけるからね。心の中で留生にそう語りかけて、私はゆっくりと腰を上げた。

こんな当てずっぽうの探し方では、いつまで経《た》っても彼に会えない。やり方を変えなければ、と思った。彼に会うためには、私が変わらないといけないのだ。


家に帰ると、玄関の外にごみ袋が置いてあるのを見つけた。今日は燃えるごみの日だったけれど、どうやらお母さんが捨てるのを忘れてしまったらしい。

学校を出る前に置いておいてくれたら朝持っていったのに。ため息をつきながら袋を持ち上げると、五月に入って急に暑くなってきたせいか、生ごみのにおいが立ちのぼってきた。このまま外に置いておくと近所から苦情が来そうなので、裏に回って勝手口の前に置いておいた。しあさってのごみの日には忘れないように持っていかないと、と心の中のメモ帳に書きつけておく。

家の中はしんとしていた。「ただいま」と声をかけてリビングに入ると、ソファに身をうずめてぼんやりしているお母さんがいた。

もう一度「ただいま」と言ってみたけれど、反応はない。虚《うつ》ろな表情でお母さんが見つめている無音のテレビには子ども向けのアニメが映っていて、視線は向いているけれど見ていないのは明らかだった。

最近、お母さんはずっとこんな状態だ。私とお姉ちゃんがお父さんたちに素直な思いをぶつけた日からずっとだ。

あの日以来、お父さんはほとんど家に帰らなくなった。溺愛《できあい》していたお姉ちゃんにまで自分を批判されて、プライドが傷つけられたんだろうと思う。

一方、お母さんは一日中ソファに座ってぼんやりしているようになった。今まではごみを出し忘れることなんてなかったのに、掃除もしていないしご飯がない日も多いし、家事も手につかない様子だ。私が見る限りではずっと家にいるから、もしかしたらパートも辞めたのかもしれない。

今は私とお姉ちゃんが気づいたときに掃除機をかけたり洗濯をしたり、ご飯を炊いておかずを買いに行ったりしている。料理くらい練習しておくんだった、と後悔すると同時に、今までお母さんは家族のために色々してくれていたんだと改めて実感した。叱《しか》られたり怒鳴られたり八つ当たりされたり、そういう怖い面ばかりに目が向いていたけれど、ご飯やお弁当を作ってくれたり、洗濯や掃除をしてくれたり、たまったごみを出してくれたりしていたことを再認識して、お母さんがいないと家が大変なことになってしまうのだと思い知らされた。家に帰ってこないお父さんはそれにまだ気づいていないんだろうな、と思う。

今まで任せきりにしていた家のことをやるのは、苦にならない。むしろもっと手伝うべきだと思っている。ただ、お母さんがこのままずっと魂の抜けたような状態でいるのは嫌だった。

私はソファの横に立ち、「お母さん」と声をかけた。お母さんはやっぱり振り向かない。

「お母さん、……このままでいいの？」

お母さんの肩がぴくりと震えた。ゆっくりと視線がこちらへ向けられる。その目をじっと見つめながら、「私は」と口を開いた。

「私は、変わるよ。変わらなきゃいけないって、やっと思えたから」

自分で思っていたよりもずっと静かで、でも強い声が出た。

「私が変わるきっかけをくれた人のために、自分にできることを、最大限の努力をして、後悔のないようにしたいって思ってる」

虚ろなままの目が私を見ている。私は深く息を吸い込んでから、はっきりと言った。

「お母さんも変わらなきゃ」

膝《ひざ》の上で力なく丸まっていたお母さんの指が、かすかに震えたような気がした。

「きっとお父さんは変わらない。だから、ここから脱《ぬ》け出したいなら、お母さんが変わるしかないんだと思う」

それでも、返事はなかった。

私はため息をついて、お母さんに背を向けた。


翌朝、学校に着いて、授業の準備をしていたとき、教室の真ん中あたりから「染川《そめかわ》くん」という単語が聞こえてきた。ホームルーム前の喧騒《けんそう》の中でも、私の耳は、その声だけはやけにはっきりととらえた。

「気になるよね、このまま来ないのかな？」

声の持ち主は、このクラスの中心的な女子たち、城田《しろた》さんのグループだった。彼女は転校してきた留生に積極的に話しかけ、私とは関わらないほうがいいと彼に忠告したりもしていた。私にとっては天敵のような存在だ。

「もう来ないんじゃない？　さすがに」

「そうかなあ、せっかくクラスメイトになったのに残念」

「あ、そういえば私、こないだ染川くん見かけたよ」

そう言ったのは城田さんの声だった。見かけた、という言葉が耳に入ってきた瞬間、私の心臓は大きく跳ねた。

留生を見かけた？　本当に？　見間違いじゃなくて？　動揺しつつも耳を澄ませる。

「え、そうなの？」

「うん。他校の友達と遊んでるときに。なんかおっきい鞄《かばん》持ってひとりでふらふら歩いてた」

「へえー。やっぱいじめとかで病んじゃった系かな？」

行かなきゃ。このチャンスを逃《のが》したら、もう二度と留生に会えないかもしれないんだから。

そう思ったときには、がたんと大きな音を立てて椅子《いす》から立ち上がっていた。周囲の視線が集まり、私の立てた音だとわかった人たちが目を丸くしている。

恥ずかしい。でも、そんな気持ちを押しやって、ずんずんと城田さんたちのもとに向かう。目の前に立った私を、彼女たちが驚いたように見ていた。

ぐっと唇を噛《か》んで、大きく息を吸い込んでから、震える指を握りしめて口を開く。

「あ……っ、あの」

私がそう言った瞬間、えっ、と城田さんが耳を疑うような表情で声を上げた。当たり前だ、私が自分からクラスメイトに声をかけたのは初めてなのだ。

恥ずかしくて顔から火が出そうだった。真正面から見つめられて、あざをはっきり見られてしまうことにも、やっぱりまだ抵抗があった。でも、そんなことは言っていられない。

「お、教えてくれない？」

これ以上ないくらいに勇気を絞り出した言葉だったけれど、城田さんのぽかんとした顔を見て、言葉足らずだったと気がついた。

「あ、ごめん、あの……染川、くんのことを」

口をあんぐりと開けていた城田さんが、少しずつ表情を戻し、それから何かを理解したように「ああ」と呟《つぶや》いた。

「藤野《ふじの》さんも染川くんがどうなってるか知らないんだ」

私は首を縦に振った。

「連休中に一回会ったんだけど、そのときは何も言ってなくて、そのままずっと会えてない。だから、あの、よかったら、染川くんのこと教えてほしい。お願いします」

深々と頭を下げると、そっか、と軽く言って城田さんが頷《うなず》いた。

「うん、いいよ。訊《き》きたいことあったら訊いて」

意外にもあっさりと願いを聞き入れてもらえて、思わず唖然《あぜん》としてしまう。それが顔に出てしまったようで、彼女は少しむっとしたように唇を尖《とが》らせた。

「ちょっとー、何その意外そうな顔！　私、なんにも教えてくれなさそうに見える？　失礼！」

「あっ、ごめん！　そういうわけじゃ……、あの、今までしゃべったことないのにいきなり声かけて、教えてとか図々しいって自覚してるから、そんなにすぐに聞いてもらえると思わなくて……だから……」

必死に言い訳をしていると、城田さんは今度はおかしそうに笑った。

「何それ、図々しいとか。別に普通じゃん、クラスメイトなんだから」

当たり前のように言われて、ああ、そうか、と妙に納得した。彼女に友達が多いのは、こういう考え方をする人だからなのか。

いつも声が大きいし、派手だし騒がしいし、ずけずけ物を言うところもあるから、勝手に怖い人だと思っていた。でもそれはきっと私の偏見だったのだ。私とは違う人種だと一線を引いて、決して近づこうとせず、どんな人なのか考えたこともなかったから、そんな偏見を抱いてしまっていたんだろう。

『クラスメイトなんだから』という一言で、私のように明らかにタイプの違う人間を『内輪の人間』として受け入れてくれるなんて、素直にすごいと思った。

「てかさあ、ちょっと前から思ってたけど」

城田さんが私の顔を覗《のぞ》き込むように首を傾《かし》げる。

「藤野さん、なんか変わったよね。まさかうちらに話しかけてくるとは思わなかったわ。ほんと変わったね」

「え……っ、あ、うん……」

私としては、なんとか留生につながる手がかりが欲しくて必死であがいているだけなのだけれど、周りから見れば以前までの私とは大きく違う言動をしているだろう。変わったと言われれば、そうかもしれない。

私の曖昧《あいまい》な返事に、城田さんはくすりと笑って「前はさあ」と続けた。

「クラスメイトに対しても遠ざけて殻にこもってる感じで、そのくせうちらのこと見下してる感じもして、なんか鼻につくなあとか思ってたんだけど」

鋭い、と思った。ぐさりと来る言葉をずけずけと言われて、私は絶句してしまう。返答に困っている私に気づいたのか、彼女が「あ、ごめん」と手を合わせた。

「ごめんね、私、ほんっと口悪くてさ。てか、思ったことすぐ言っちゃうんだよね。兄弟が男ばっかでさあ、言いたいこと我慢してないで全部口に出さなきゃ、どんどん迫害される家庭環境だからさ」

私は「ううん」と首を横に振る。

「私はそういうの全然できないから、言いたいこと言えるのはすごいと思う」

「言いすぎも問題だけどね」

後ろにいた城田さんの友達がふいに会話に入ってきて、彼女は痛そうに顔をしかめた。

「それ、親からも先生からもよく言われる。きついこと言いすぎてケンカになった経験、数えきれないもん」

「うちらもよく傷つけられてるしね？」

「ごめんて」

わっと笑い声が起こって、私もつられて少し笑ってしまった。クラスメイトの輪に入って一緒に笑うなんて、少し前の私なら考えられなかったことだ。

城田さんがひとしきり笑ってから、私に目を向けて言った。

「実は前もさ、染川くんに藤野さんのことで嫌なこと言ったりしてたの、ごめんね」

盗み聞きしたから知ってる、とは言えずに、私は黙って首を横に振る。言われた原因は自分にあると、重々承知していた。

「でもさ、最近は藤野さん、一線引いてる感じとかなくなってきたもんね」

ふいにかけられた言葉に、胸がぽっと温かくなる。なんだかくすぐったくて、「そうだといいんだけど」と小さく答えた。

「そう思うよ、私は。藤野さんってちゃんと普通にしゃべれるんだ！　って今めっちゃびっくりしてるからね？」

そう笑ってから、城田さんがさらりと言う。

「変わったのは、やっぱり、染川くんが来てからかなあ」

どきりと心臓が跳ねた。どう返せばいいか戸惑っているうちに、彼女はまたさらりと訊ねてくる。

「付き合ってたの？」

えっ、に濁音のつきそうな声が出てしまった。慌てて首を振って否定する。

「そ、そういうんじゃないよ！」

動揺してどもってしまったのが恥ずかしかった。当然のことながら、私は誰かと付き合ったことなどない。恋愛なんて、私にとっては雲の上のようなこと、いやそれどころか月よりももっと遠いことだ。

「なるほど、友達以上恋人未満ってやつ？」

私の焦りをよそに、城田さんがたたみかけてくる。

「そういうんでもなくて……」

「でも、好きなんでしょ？」

「やっ、いやいや、そんな……」

「だって、付き合ってもない好きでもない男子の影響で変わるなんて、あんまりなくない？」

必死に首を振る私に、彼女はからかうふうでもなく真顔で問いかけてきた。私は口許を押さえて小さくうなる。

好きかと訊かれても、すぐには答えが見つからない。留生のことをそんなふうに考えたことはなかった。もちろん、自分が誰かを好きになるなんてあまりにもおこがましいと思っていたからだ。

周りが恋愛に興味を持ち始めた小学生のころから、ずっと考えていた。私なんかに好かれたら、その人はさぞ気持ちが悪いだろう、気分が悪くなってしまうだろう、と。だから、そんなにすぐには、習慣のようになってしまっていた考え方を切り替えられない。

それなら留生のことをどう思っているのか、という質問に答えるとしたら。

「好きとかは、よくわからないけど……特別」

思いつきで呟いた言葉が、すとんと胸に落ちてきた。

留生は私にとって特別な存在だ。私を見つけてくれて、何度も声をかけてくれて、一緒にいてくれた。出会った日、別れた日、暗闇《くらやみ》の底に沈んだ私のもとに現れて、救いの手を差し伸べて引き上げてくれた。私を変えてくれた。

「特別、ねえ」

城田さんが顎《あご》に手を当てて、「それってさあ」と首を傾げる。

「めちゃめちゃ好きってことじゃん」

かっと頬が熱くなった。そういうわけじゃ、と反論しようと思ったけれど、喉《のど》が震えて声にならなかった。

「だって、『好き』イコール『特別』じゃんね？」

城田さんは隣の友人たちに同意を求め、彼女たちも頷いた。自分でもよくわかっていない気持ちに名前をつけられてしまい、我ながら挙動不審な動きをしてしまう。なんとか言い返そうと言葉を探しているうちに、城田さんが唐突に、「てか、本題に戻ろう！」と手を上げた。

「染川くんのこと訊きたいって?」

「あ、うん。あの、さっき、留生のこと見かけたって聞こえて」

私がそう言うと、彼女は「留生って呼んでるんだー」とにやけてから、「見かけたよ」と頷いた。

「いつ? どこで?」

「先週の土曜日。他校の友達とA駅で遊んでたら、なんかふらふら歩いてる人いるなあと思って、よく見たら染川くんだった。そのまま改札入ってったよ」

「間違いなく?」

「うん。けっこう距離近かったし、染川くん目立つ顔してるしね」

「そっか……」

A駅というと、ここからはけっこう離れていた。なんでそんなところにいたんだろう。もしかして家があのあたりなんだろうか。

やっぱり家がわからないとどうにもならない。私はある決意をして、城田さんに「ありがとう」と頭を下げた。彼女は「がんばってね」とひらひら手を振ってくれた。


「失礼します」

放課後になると、私はすぐに職員室に向かった。

呼び出されたり、提出物があるとき以外は寄りつかない場所だったので、自分から乗り込むというのは思いのほか緊張した。

ノックをして、担任の席に直行する。先生はパソコンに向かってキーボードを打っていた。

「先生、お仕事中すみません。今ちょっとよろしいですか」

ん？　と顔を上げた先生が、驚いたように目を丸くした。

「お、藤野。珍しいな、どうした？」

「あの、染川くんって、どうなってるんですか」

私の単刀直入な問いに、先生が戸惑ったように目を泳がせた。

「どうって……」

「いきなり来なくなりましたよね。休みの理由はわかりますか？　いつ戻ってくるんですか？もしかして不登校とかじゃないですよね？」

口を閉じたら、振り絞った勇気が萎《しぼ》んでしまいそうだったので、勢いにまかせて次々に質問をぶつける。

先生は面食らったように何度も瞬きをした。

「藤野、お前……変わったなあ。いや、最近いつも上向いてるし、髪も切ったし、なんか変わってきたってのはわかってたけど、まさかここまでとは。今までは誰とも関わらないようにしてたし、自分から人に質問なんてしなかっただろう」

思ったよりも観察されているんだと気づいて、なんだか居たたまれなくなった。

「あの……私のことはいいので、彼の話を……」

もごもごと言うと、先生が少し笑って答えてくれた。

「不登校っていうか、本人としては学校を辞めるつもりみたいだぞ」

「え……っ」

少しは予想していたことだけれど、はっきりと言葉にされると衝撃が強かった。

「いきなりなあ、退学届を郵送してきたんだよ」

私は思わず「退学」と繰り返してしまった。

「本当に前触れもなく突然だったし、相談も面談もなしに郵送だけでそんな大事なこと決められないだろ。だから、郵送の退学届なんて受理できないからって電話して、とりあえず一回学校に来いって言ったんだけどな、学校には二度と行きません、もう決めたことですから、の一点張りで……」

どくどくと脈打つ鼓動の音が耳にこだまする。

留生は、私が思っていた以上に固い意志で姿を消したのだと思った。

「なんとか電話で説得して休学に変更させたんだが、それ以来、何度家に電話しても本人につながらない。まあ、もう来る気は全くなさそうだな。どうしたもんかと俺《おれ》も悩んでるんだよ」

先生がふうっとため息をついた。本当に困惑しているのがその様子から伝わってくる。

もしかして留生はまた転校するのだろうか、だから何も言わずに姿を消したのだろうか、それならまだ少しは納得できる、とどこかで思っていたのだけれど、どうやら私の予想は外れたらしい。彼は本当に消えてしまうつもりなのだ。

退学、という言葉が心にのしかかる。とても重い言葉だ。普通じゃない、と思った。

何か目指すものがあって、夢を叶《かな》えるために学校を辞めてその道に進むというのなら、退学もひとつの素晴らしい選択だと思う。

でも、きっと留生はそうではないという確信があった。趣味も好きなものも何もないと言っていた彼が、積極的な意味で退学という道を選んだとは思えなかった。ただ『消えるため』に学校を辞めようとしているように思えて仕方がない。

このままじゃ、留生が本当にいなくなってしまう。湧き上がった焦燥が、内側から私の口を開いた。

「住所を教えてください」

自分でも驚くほど大きな声と、はっきりとした口調だった。先生が目を丸くして私を見る。

一拍間を置いてから、先生は「うーん」と首をひねってあごに手を当てた。

「それは難しいなあ。最近は個人情報の管理が厳しくなってるから、いくら生徒同士とはいえ、先生からは教えられないんだ」

それもそうか、と思う。昔は名簿や卒業アルバムなどに住所が載っていたらしいけれど、今は情報が悪用される可能性もあるので名前しか載らない時代だ。

「じゃあ、電話番号は?」

一か八かで訊ねると、やっぱり先生は首を横に振った。

「それも同じだよ。本人や保護者の了承もないのに俺が勝手に教えるわけにはいかない」

ぱいだった。


「……そうですか」

私は頷いてから、「でも」と続けた。

「どうしても教えてほしいんです」

必死に言い募る。これを逃したら本当に二度と会えないかもしれない、という恐れで頭がいっぱいだった。

「って言われてもなあ……」

先生が眉《まゆ》を下げて、ちらりと周囲を窺《うかが》った。近くの席の先生たちは、パソコン仕事に集中していたり、他の生徒や先生と話をしていたりしていて、私たちの会話を聞いている様子はなかった。

「どうしても、もう一度、彼に会いたいんです。会って伝えなきゃいけないことが、たくさんあるんです。そのために、どうしても必要なんです。それでもだめですか」

先生が低くうなった。もうひと押しだ、という気がした。

「……私、この前、自殺しようとしたんです」

私の言葉に、先生が声もなく目を見開いた。

「なんか、もう、色々つらくて。どこにも救いなんかなくて、世界にひとりぼっちみたいな気がして、それがずっと続いてて。こんなに苦しいなら死んじゃおう、って思ったんです。それで、湖に飛び込みました」

「……藤野……なんてことを」

「今思えば、馬鹿だったなって思います」

苦笑しながら言うと、先生が少しほっとしたような顔をした。

「……そのとき、助けてくれたのが、留生だったんです。私を追いかけて飛び込んで、引き上げてくれました。そのあと何時間も話をして、優しい言葉をたくさんくれました」

「そうだったのか……」

先生がふうっと息を吐いて、うーん、と天井を見上げた。

「でもなあ……個人情報はやっぱり教えてやれないからなあ……」

先生は首をひねってぼやきながら、物で溢《あふ》れた机の上をがさごそとやりだした。もうこの話は終わり、仕事があるんだから、と暗に言われているような気がした。

やっぱり断られるんだ、こんなにがんばったのに、と目の前が真っ暗になった。それでも私は追いすがるように口を開く。

「じゃあ……せめて、住んでる学区だけでも……」

そのとき、先生が「おっ」と声を上げて、書類の中から何かを取り出した。そのままつかみ上げて床に落とす。

ばさりと音を立てて落ちたそれを、私は反射的に拾い、先生に「どうぞ」と差し出した。でも、なぜか先生は受け取らずに視線を逸《そ》らす。

「ん？　それは俺のじゃないぞ。藤野が落としたんじゃないか？」

私は戸惑いながら自分の手の中にあるものを見てみる。先生が落としたのは、生徒手帳だった。

「……？」

私の生徒手帳は、通学鞄の中に入れたままになっているはずだ。落とすわけがない。誰のだろう、と不思議に思って裏返し、カバーの氏名欄《らん》を見る。そこに『染川留生』と書かれているのを見つけて、心臓が止まるかと思った。

「ん、お前のじゃないのか？」

先生がとぼけるような口調で言った。

「でもまあどうせクラスの誰かのやつだろ。ああ、そういえば、いきなり辞めるとか言い出した馬鹿が退学届と一緒に生徒手帳まで送りつけてきたな。藤野、預かっといてくれるか。持ち主に会ったら返してやってくれ、頼んだぞ」

小さく早口で言うと、先生は「さっ、仕事仕事」と前に向き直った。

私はしばらく呆然《ぼうぜん》とその背中を見つめて、はっと我に返ってから、「ありがとうございます！」と勢いよく頭を下げた。周りにいた人たちが何事かと振り向いて視線を送ってくるのを感じて、少し恥ずかしかったけれど、それどころではないというのが本音だった。

先生は前を向いたまま小さく笑い、それからひとりごとのように呟いた。

「自分を変えてくれる人ってのは、本当に特別で貴重な、かけがえのない存在なんだよな。大事にしなきゃなあ」

私は頭を下げたまま、

「はい。はい……」

と頷いた。

「がんばれよ」

私はもう一度「ありがとうございます」と言ってから、早足で職員室をあとにした。

邪魔にならない廊下の端まで駆けていき、胸に抱きしめていた生徒手帳に向き合った。呼吸が浅くなっているのを自覚する。

はやる心を抑えながら、震える手でいちばん最後のページを開いた。『身分証明書』のページ。顔写真が貼《は》られ、学校名と学年、そして氏名、住所、生年月日などを記入する欄があるはずだ。すぐに見る勇気が出なくて、私は一度瞼《まぶた》を閉じて深呼吸をした。祈るような気持ちで目を開けて、視線を落とす。

留生の文字で、しっかりと住所が書かれていた。思わず声とため息が洩《も》れる。

「ああ、よかった……！」

これできっとなんとか彼にたどり着ける。会うことができるはずだ。


学校を出て電車に乗り、A駅で降りた。初めて来る街なので、土地勘が全くない。生徒手帳に書かれた住所を地図アプリで検索して、迷いながら住宅街の中を二十分ほど歩き回り、なんとか『染川』という表札のある家を見つけた。

門の前に立ち、視線を上げる。ずいぶん大きくて立派な家だった。インターホンを押すのを一瞬戸惑ってしまうほどだ。私なんかが気軽に乗り込んでいいような家ではなさそうだった。今までの私なら、きっとすぐに踵《きびす》を返していただろう。

でも、今回はそういうわけにはいかない。もう逃げてなんかいられない。私は自分を叱咤して勇気を振り絞り、門柱についたインターホンのボタンを押した。

室内につながるカメラを意識して居住まいを正す。怪しい人間だと思われたら呼び出しに応《こた》えてもらえないかもしれない、と不安だった。

でも、すぐに『はい』と返事が返ってきてほっとする。

『どちら様ですか？』

声は上品そうな大人《おとな》の女性のもので、たぶん留生のお母さんだろうと思った。緊張がさらに高まる。

「あっ、あの、突然ごめんなさい」

うまく言葉が出てこなくて、どもってしまう。人見知りであることを逃げにして、知らない人と会話をするのを極端に避けてきたこれまでの自分が恨めしい。こんなんじゃ怪しまれる、と必死に笑顔を浮かべて声を励ました。

「私、留生くんと同じクラスの藤野千花《ちか》と……」

『なんの用ですか』

留生の名前を出した瞬間、言葉を遮られた。さっきまでとは比べものにならない、冷たくてそっけない声だった。胸がひやりとして、動悸《どうき》が速くなっていく。

「あの、いきなりすみません……。留生くんと話したいことがあって……来ました」

緊張と動揺のあまり、しどろもどろになってしまう。なんとか「留生くん、いますか」と続けると、冷ややかな声が『いません』答えた。

「そう、ですか。……あの、じゃあ、どこにいるか」

『知りません』

またも遮るように答えが返ってきた。

怖かった。足が震えて冷や汗が出てくる。お母さんが不機嫌で冷たい顔を向けられているときの感覚を思い出した。喉の奥がぎゅっと苦しくなる。声が出なくなってしまいそうだった。逃げたい、と反射的に思う。

でも、ここで諦めるわけにはいかない。私はどうしても留生に会わなければいけないのだ。

私はカメラをまっすぐに見つめて語りかける。

「どうしても会って話したくて……。留生くんがいそうな場所とか、何か……」

話している途中で、後ろを人が通った。邪魔にならないように少し身体《からだ》をずらし、また続けようとすると、ふうっとため息のような声が聞こえてきた。

『近所迷惑だから、とりあえず中で話しましょう。門を開けて入ってちょうだい』

私は「ありがとうございます」と言って門戸を押した。レンガの敷かれた道を歩いて、玄関の前に立つ。しばらくして、がちゃりとドアが開いた。留生に似た面差しの、でも全然違う表情の綺麗《きれい》な女性が出てきた。

「とりあえず、入って」

頷いて「お邪魔します」と玄関に足を踏み入れると、すぐに背後のドアが閉められた。彼女は立ったまま私の言葉を待つようなそぶりを見せている。

美人だけれど、しかめた顔の印象は冷たかった。いつも穏やかな微笑《ほほえ》みを浮かべている留生とは正反対だ。

「こんにちは。藤野と言います。中に入れていただいてありがとうございます」

「……あの子のことなら、行き先なんて本当に知らないわよ」

彼女は面倒くさそうに言った。

無性に悲しくなった。穏やかで優しい留生は、きっと温かい家庭でたくさん愛されて育ったんだろう、となんとなく思っていた。でも、彼の母親を見ていると、それはたぶん私の思い違いだったとわかった。

「あなた、あの子と親しいの?」

淡々とした口調で問われて、こくりと頷いた。普通なら照れて恥ずかしくなる質問だけれど、こんなふうに冷ややかに訊ねられたら、恥じらう気にもならない。

「そう。よくあんな変な子と仲良くできるわね」

それは嫌みや皮肉などではなく、本当に心からそう思っているのだとわかった。留生に対する愛情など、かけらほども感じられなかった。

「私には無理。面と向かって話すのも嫌」

自分の子どもに対する言葉とは思えなかった。私のお母さんだって娘に対して優しく愛情たっぷりに接するとはもちろん言えなかったけれど、ここまで徹底的に冷たくはない。少なくとも、顔を見て口をききたくもない、なんて言われたことはなかった。

「自分の子なら愛して当然なんて言う人もいるけど、私は少しもあの子を可愛《かわい》いと思えなかった。小さいころからちっとも子どもらしくなくてね、変に大人《おとな》しくて、他の子みたいにはしゃいだり遊んだりもしなくて、いつも妙に冷《さ》めた目で親を見てくるのよ。まるで子どもの中に大人が入ってるみたいな……。不気味で仕方がなくって、あの子に見られると背筋が寒くなったわ。それに、あの額の傷痕《あと》、知ってる？　怪我《けが》なんてしたことないのに、生まれたときから傷痕があったのよ。あまりにも気味が悪くて、自分のお腹《なか》から出てきたなんて思えなかった」

話を聞きながら、彼女は一度も留生の名前を呼んでいないことに気がついた。『あの子』。あまりにも他人行儀な呼び方だった。

唇を噛みしめる。そうしないと耐えられそうになかった。

「物心つくかつかないかのころから、変なことばかり言うのよ。絶対に教えたこともない、見たこともないはずのものを知ってたりね。私だけじゃないわよ、周りの大人も子どももみんなあの子のこと変だ、おかしいって言ってね、そのせいで夫もほとんど家に帰らなくなったわ。あの子のせいでうちの家庭は壊れちゃったのよ。そんな子、愛せるわけないでしょう？」

聞いているだけで私の心まで冷えて、凍えて、氷に包まれて死んでいくような気がした。

「……もういいです」

私は絶え間なく流れてくる否定的な言葉を断ち切るようにきっぱりと言った。唇から血の味がした。

「その話はもういいから、留生がどこにいるのかだけ教えてください。わからなければ、よく彼が行く場所とか、いそうな場所とか、なんでもいいので、手がかりになることを教えてください」

こんな人に丁寧な口をきく気にもなれなくて、言いたいことだけを淡々と述べた。

留生のお母さんは一瞬口をつぐみ、ため息を吐き出しながら面倒くさそうに「知らないわよ」と言った。

「本当に、なんにも、知らないの。あの子、出ていっちゃったから」

「……はい？」

私は耳を疑った。『出ていった』？　そんな、まさか。

「……すみません、よく聞こえませんでした。もう一回……」

「だから、勝手に荷物まとめてこの家から出ていったのよ。『今までお世話になりました』って置き手紙ひとつだけ残してね」

髪をくしゃりとかき混ぜながら言う姿は、嘘《うそ》をついているようには見えなかった。

「行き先もわからないわよ、もちろん。祖父母は父方も母方も亡くなってるし、親しくしてる親《しん》戚《せき》もいないし、友達もいないし。だから、どこに行ったかなんて、私には見当もつかないわ」

私の質問を先読みしたように早口で答える。早くこの話を終わらせて帰ってほしい、という考えが透けて見えるようだった。

言葉を失って立ち尽くす私に、彼女は今度はどこか愚痴っぽい口調で言い始めた。

「あの子、幼稚園のころから勝手に外に出て、何時間もうろうろしてたの。放浪癖っていうのかしらね。どこに行ってたのか何してたのか、訊いても答えないし、何度叱っても平然とした顔で、全く言うこと聞かなくて、ちょっと目を離すと気がついたら外にいて。一日中探し回ったことも数えきれないくらいあるのよ……」

本当に疲れきったような顔と声だった。

「小学校に上がってからも、すぐに親の目を盗んで家を抜け出してたわ。ご飯もろくに食べないで、学校も平気でさぼって、どこまで行ってるんだか何日も帰ってこなかったり……。何かの病気なんじゃないかと思って病院に連れていったけど、何も異常はありません、って。高学年になるころには、どうせ言っても聞かないから仕方ないって思って、もう諦めてほったらかしにしてたわ。そしたら、補導されてお巡りさんに連れられて帰ってきて、『お母さん、ちゃんと見ていてあげてください』なんて怒られて、ほんとうにいい迷惑よ。私だって、もっと普通の子なら、ちゃんと面倒見ようって思えたわよ……」

小さな身体でひとり町中を歩き回る留生の姿を想像して、胸が苦しくなった。

彼は私を探していたんじゃないか。ふいにそんな考えがよぎった。確証なんてないけれど、理由も経緯もわからないけれど、そんな気がした。そんなに小さいころから、私を見つけるために探し回ってくれていたのかもしれないと思うと、涙が出そうだった。

「中学生になってからは、ほとんど家になんていなかった。今回も勝手に転校なんか決めて……ある日突然、この書類に判子くれ、どうしてもこの高校に行きたいから転学する、今の高校にも向こうの高校にももう連絡した、編入試験受けるから保護者の許可がいる、なんて一方的に言って、もう本当にわけがわからないわよ……」

それはきっと私と同じ学校に通うためだったのだと、今なら確信できる。

留生はたぶん、私と出会うために、何もかもを犠牲《ぎせい》にしてくれたのだ。

でも、私はそれに、何ひとつ応えることも、返すこともできていない。

「……わかりました。突然訪ねてきてすみませんでした。お邪魔しました」

私はぼそぼそと言い、頭を下げて玄関を出ようとした、そのときだった。私の目が、あるものに吸い寄せられた。

「これ……」

思わず呟く。私はぱっと顔を上げて、留生のお母さんを見た。

「これ留生のですよね？」

玄関の脇に置かれたビニール袋を指差して訊ねる。袋の中には、見覚えのある文字がぎっしりと書かれた紙の束が入っていた。留生が書いた小説だ。

「ああ、それ……。あの子の部屋に置いてあったのよ。『捨ててください』ってメモ一緒にね。面倒だけど、古紙回収のとき捨――」

「ください!!」

彼女の言葉を遮り、私は叫んだ。びっくりした表情で見つめ返される。

「それ、捨てるんなら、私にください!!　とっても、とっても大事なものなんです……」

私の突然の豹変に驚きを隠せない様子で、彼女は「別にいいけど……」と小さく頷いた。

「あ……ありがとうございます」

私は何度も頭を下げ、袋ごと彼の小説を胸に抱き、彼の家をあとにした。


外はいつの間にか夕焼け色に包まれ、そして朝の予報通り、雨が降り始めていた。もう五月だというのに、肌に刺さるような冷たい冷たい雨だ。

ほとんど無意識に足を動かして、来た道を戻る。電車に乗っていつもの駅で降りた。

構内を出ると、雨はさらに強さを増していた。降りしきる雨の中を、何も考えられないまま、薄暗くなり始めた街を呆然と歩く。気がつくと、留生と出会った公園に来ていた。

留生の家に行けばなんとかなると思っていた。何か手がかりを得られて、すぐに彼に会えるはずだと思っていた。それなのに、逆に全ての道が閉ざされてしまった。得られたのは、彼が残した永遠の物語だけ。鞄の中に大切にしまい込んだそれを、布ごしにぎゅっと抱きしめる。

まさか留生と家族との関係があそこまで冷えきったものだなんて思いもしなかった。でも、それはきっと、私のせいだ。彼は、私のためにしてきたことのせいで、親からの愛情を失ってしまったのだ。彼はきっと今までずっと、私よりももっともっと冷たく、孤独な環境で生きてきたんだろう。

留生は姿を消した。自分の意志で。誰にも行き先を告げずに。そしてそれはたぶん、私に探されないためだ。

「なんで……？」

思わず呟いた声が涙に潤んでいて、それで初めて自分が泣いていることに気がついた。

「どうして？　留生。なんで、いなくなっちゃったの……？」

歪《ゆが》む視界が雨のせいなのか涙のせいなのかわからない。

私はふらつく足で、初めて出会ったときに留生が佇《たたず》んでいた場所に立った。

真冬の夜の雨に濡《ぬ》れていた私に差しかけてくれたビニール傘《がさ》。寒さに震えていた私に着せてくれた青いコート。

初めて会ったときから、留生は私に優しさだけをくれていた。でも、鈍い私はその優しさに本当の意味では気づかず、卑屈な考えにとらわれて、自分の心を守るために一線を引いて、彼に心を許しきることができなかった。彼が私の前から消えてしまったのは、そのせいだと思えた。

全部私のせいだ。自分のことで頭がいっぱいで、彼の気持ちを考えることすらなかった愚かな私のせいだ。

私は地面に倒れ込み、とめどない涙を流しながら、彼の立っていたその場所にその痕跡を探すように、雨を含んだ砂を抱いた。

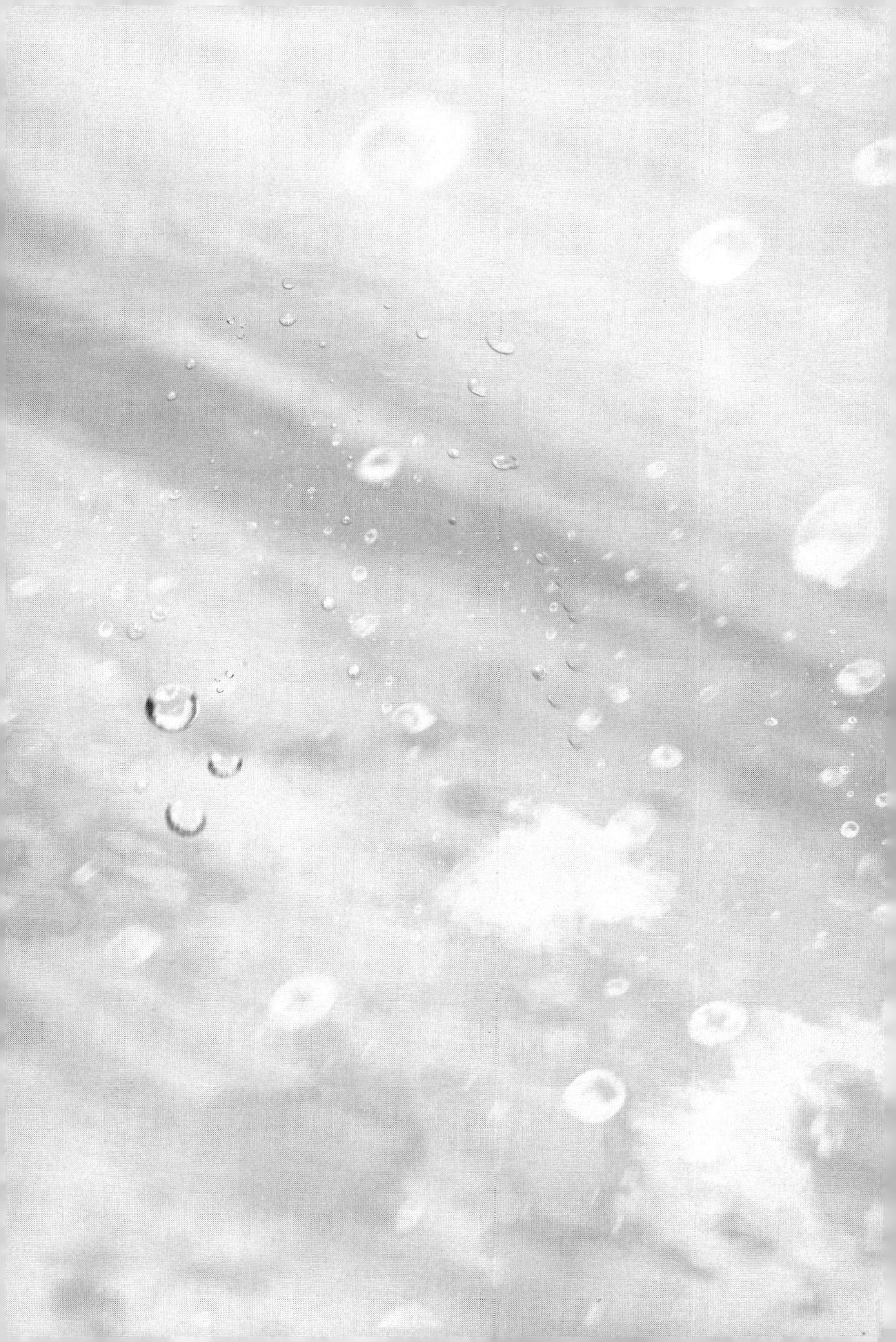

10 悲しい恋の物語

――僕の生涯《しょうがい》は全《すべ》て君に捧《ささ》げる。

――僕が手にした永遠は、全て君に捧げるためにあるから。


「藤野《ふじの》さん」

ふいに名前を呼ばれて、私は読んでいた資料から目を上げた。

見ると、高校から一緒の川原《かわはら》さんが笑顔で隣に立っていた。

「やっぱりここにいた」

「おはよ」

「藤野さんいっつもここにいるから、探すの楽で助かる」

ふふふ、と彼女はおかしそうに笑い、向かいの席に腰を下ろした。

ここは大学の図書館の、学習や読書のために開放されているフリースペースだ。おしゃべりをしてもいい場所ということで、周りには研究発表に向けてのディベートやグループ学習をしている学生たちが集まっている。

「なんか用事だった？　川原さん」

「うん。昨日貸してもらった本、読み終わったから返しに来た」

「えっ、もう？　相変わらず読むの早いね」

「昨日はバイトなかったから、夜更かしして一気読みしちゃった。すごく面白かった、ありがとね」

「よかった。川原さん好きそうだなって思ったから」

「さすが、よくわかってる」

彼女がくすくすと笑い、私も「でしょ」と笑った。

私は今、地元の大学に通っている。文学部国文学科の一年生だ。川原さんも同じ学部で、講義が重なることも多く、高校から引き続き本の貸し借りなどをして仲良くしてもらっている。

仲良く、なんて、あのころの私が聞いたらびっくりするだろうな、と思うとおかしかった。

少し川原さんと話したあと、時間になったので私は図書館をあとにした。講義棟の前を通りすぎて、正門に向かう。陽射《ひざ》しの明るさに引かれて顔を仰向けると、葉桜の並木道の向こうには青い空が広がっていた。

あれから二年の月日が流れた。留生《るい》が消えた日から。

予感していた通り、彼はあれから一度も私の前に姿を現していない。

初めのころはずっと彼のことが頭から離れず、鬱々《うつうつ》とした日々を過ごしていた。でも、部屋に引きこもってばかりいたら、ある日お姉ちゃんから「いい加減にしろ！」と叱《しか》り飛ばされてしまった。

「千花《ちか》にはやらなきゃいけないことがたくさんあるでしょ」

そう言われて、目が覚めた。私は変わらなければいけないのだと思い出した。留生が望んだ、願ってくれた自分になるために。

うつむいてばかりいるのをやめて、人と関わりを持つようになった。

大学受験に向けて、本格的に勉強を始めた。

大学生になって軽くメイクをするようになると、あざのこともあまり気にならなくなった。私が思うほどには、周りはあざなんて気にかけていないことに気がついた。

アルバイトも始めた。憧《あこが》れの書店員だ。接客があるから自分には無理だろうと諦《あきら》めていたけれど、あえて挑戦してみようと思った。

そうやって少しずつ少しずつ、私は前を向いて、顔を上げて生きるようになった。

全ては、留生と再会したときに恥ずかしくない自分に、「私がんばってるよ」と胸を張って言える自分になるためだ。

二年経《た》った今でも、私は留生を諦めていない。たとえ音信不通《おんしんふつう》でも、きっといつか探し出して、彼の手をつかむのだ。そう心に誓っている。

大学を出て最寄《もよ》りの駅から電車に乗り、いつもの駅で降りた。

「千花。こっち、こっち」

呼ばれて振り向くと、改札の外でお母さんが手を振っていた。

「仕事お疲れ様」

そう声をかけながら駆け寄ると、

「本当にお疲れ様よ。今日も例の変なお客様が来店してね、……」

と話し始める。ちょっと愚痴っぽいところは相変わらずだけれど、そうすることでストレスを発散できるようになったのはいいことだと思った。

今日はお母さんのパートと私の大学の終わり時間が重なったので、駅で待ち合わせてお茶をすることになっていた。駅前に新しくできたカフェに行ってみたいと前々からお母さんが言っていたからだ。

あのころからしたら考えられないくらい、私とお母さんの距離は縮まった。正直なところ、しばらくはお互いにわだかまりがあったけれど、お母さんが「今までつらく当たってごめんなさい」と泣きながら謝ってくれたこともあって、時間が経つうちに少しずつ小さくなっていった。

今はこんなふうに、向かい合っておいしいケーキに頬《ほお》を緩めるような穏やかな時間が過ごせるようになっている。

「あ、そういえばお姉ちゃん、ゴールデンウィークに合わせて帰省するって」

「あら、そうなの？　お母さんには何も連絡ないけど」

「……お母さんに電話すると長くなるから嫌って言ってたよ……」

「ええっ？　何よそれ」

お母さんは不服そうに声を上げたあと、「まあ、確かに」と小さく頷《うなず》いた。おかしくて思わず噴き出すと、お母さんも笑った。

お姉ちゃんは今、東京《とうきょう》の大学の法学部に通っている。相変わらず勉強ばかりしているらしい。「親が離婚することになったときに少しでも知識が多いほうがいいでしょ」と言っていた。

お父さんとお母さんは、もうずっと家庭内別居の状態だった。お父さんは以前のように怒鳴ったりすることはなくなったけれど、居たたまれないのかほとんど家におらず、顔さえ見ない日も多い。

離婚すればいいのに、とお母さんに言ってみたけれど、あなたたちが大学卒業するまでは学費払わなきゃいけないから無理よ、と肩をすくめられた。

これからうちはどうなるのかな、と不安になることもあるけれど、いざとなったらなんとでもなるか、と思うしかない。


お母さんとカフェでお茶をして別れたあと、私はいつもの図書館に向かった。留生と同じ時を過ごしたあの図書館だ。

あのころと同じ席に荷物を置き、窓の外に目を向ける。光に照らされながら風に揺れる葉桜の梢《こずえ》をしばらく眺めてから、ゆっくりと席を立った。

昔の私は文芸書コーナーにしか興味がなかったけれど、今は館内のいちばん奥にあるひと気のない場所にばかり通い詰めている。

天井からぶらさがる《資料》というプレートの下をくぐり、窓のない薄暗い部屋の中に足を踏み入れた。ぎっちりと本が並べられた背の高い書架が等間隔に延々と並んでいる。一般の図書とは扱いが大きく異なり、この部屋に入るには申請が必要だ。貴重な書籍や地図などが厳重に管理されていて、館外への持ち出しは禁止されていた。

その部屋のいちばん奥にある、《郷土資料》のコーナーで私は足を止めた。

私が探しているのは、この地域で過去にあったことがまとめられている歴史的な資料だ。政治や戦争などの教科書に載るような歴史的に大きな出来事ではなく、当時の世界の片隅でひっそりと暮らしていた、ごく普通の人々の生活や民間伝承について書かれたもの。いわゆる風土誌、郷土誌のようなものが読みたかった。

書籍としてまとめられた出版物から、人々の手で書写されて代々伝わってきた古いもののコピーまで、思った以上にたくさんの種類があって、どれを読めばいいかわからなかったので、まずは時代の新しいものから手に取っていった。

高校のうちに活字のものは読み終えてしまい、残っているのは、墨と筆で和紙に書かれたものが紐《ひも》で綴《と》じられた古い読みものを、閲覧用に写真にしてまとめてあるものだけだった。

流れるような連綿体の行書や草書で書かれたそれは、高校生の私が解読するにはあまりにも難しく、受験が近づいてきたこともあって、一旦《いったん》断念していた。

大学生になってすぐ、私はまたこの図書館に通って郷土資料に挑戦し始めている。大学で『古文書を読む』という演習を取ったことが役に立った。最初の授業で配られた筆文字の『仮名一覧』と、参考書として紹介されていたので購入してみた『書道三体字典』を史料と照らし合わせることで、古い資料の文字をなんとか読み解くことができるようになったのだ。

とはいえ、読めない文字があるたびに一覧や字典から正解の文字を探し出すというのはなかなか大変で、一時間かけて一ページしか読めないこともあった。

それでも毎日同じことを繰り返しているうちに、よく出てくる文字は覚えてしまったので、解読のスピードがずいぶん上がってきた。

今日読む史料を選んでいつもの席に戻り、つらつらと書かれた筆文字と格闘する。気がつくとすでに三時間近くが経っていた。本当に時間が過ぎるのはあっという間だ。

疲れを覚えた私は、休憩がてら、いつも持ち歩いている紙の束を鞄《かばん》から取り出した。内容を暗記してしまうほど何度も何度も読み返したせいで、手垢《てあか》で黄ばみ、日焼けして、端も擦りきれて、すっかり柔らかくなってしまった原稿用紙。

留生が書いた小説、『旅する少年』だ。

そこに描かれていたのは、悲しい運命をたどった恋人たちの切ない物語だった。漫画にでもなりそうな、壮大な時を巡るロマンチックなファンタジー。もちろん現実に起こるはずなんてないこと。

でも、考えれば考えるほど、奇妙な符合があるのを看過できなくなっていった。留生と私に起こった出来事と、永遠の旅を続ける少年の物語との間にある、見過ごせない一致。

『やっと見つけた』と言って私の前に突然現れた留生。そして、『間に合ってよかった』という言葉。

わざわざ私の学校に転入してきて、『君に信頼してもらえるように』と言ってなぜか私と行動を共にし続けていたこと。

私が湖に飛び込んだ流星群の日、まるで見張っていたかのようなタイミングで現れて、私を助けてくれたこと。

『本当の君を僕は知っている』という言葉。

私が不思議に思っていた留生の言動は、全て、この物語の内容と符合する。留生が私に対して言ったことも、してくれたことも、どれも彼が『永遠の旅をしている少年』だと考えると、腑《ふ》に落ちることばかりなのだ。

まさかそんなことが現実にあるわけがない、と思いながらも、彼が姿を消して時間が経てば経つほど、私の憶測は確信に変わっていった。

私は原稿用紙のページを一枚ずつめくりながら、留生が書いた文字に、その痕跡《こんせき》をたどるように指を這《は》わせた。

最後のページにたどり着いたとき、私は思わず動きを止めた。

本当の最後のページ——あの日留生が私には読み聞かせなかったページだ。

彼の部屋に残されていたという小説を持ち帰り、しばらくして気持ちが落ち着いてきたころに読み返していたとき、気がついたのだ。原稿用紙の最後に、私の知らない一枚があったことに。

このページを見るたびに、私は今でも涙が込み上げてくる。

そこには、『永遠の旅をする少年』の『少女』に対するあまりにも深い愛の言葉が綴《つづ》られていた。

それを読むと、どうしようもなく、心が張り裂けそうなほど、胸をかきむしりたくなるほど、苦しくなるのだ。

ねえ、留生。今、あなたは、どこにいるの。心の中で彼に語りかける。

きっとどこかでひとりでいるんだよね。私、行くから。絶対に行くからね。だから、待ってて。

どこにいたってきっと見つけてみせるから、私が行くまで待ってて。


ゴールデンウィークが始まり、大学の講義が休みになると、私は毎日朝から晩まで、バイトのない時間はずっと図書館にこもるようになった。

受験が終わってからのほうが熱心に勉強してるみたいね、とお母さんが首をひねっていたけれど、笑ってごまかした。

いくつもの史料を次々に読み解いていき、かなり時代も遡《さかのぼ》っていった。そして、ある民間伝承の書物にたどり着いた。

それは、あの湖にまつわる悲しい伝説だった。

これだ、と私は確信した。

古語で書かれているので、難しい単語はなかなか理解できなくて、辞典を使って必死に意味を調べながら読み進めていく。当時の文化や風俗でわからない部分もあり、それについても書架の間を駆けずり回って資料を集め、何時間もかけて、なんとかこの伝承の全貌《ぜんぼう》を理解した。


湖の近くにある小さな農村に、若い恋人たちがいた。ふたりは貧しいながらも互いに愛し合い、とても仲睦《むつ》まじく暮らしていた。

しかし、村に恐ろしい流行り病《はやりやまい》が蔓延《まんえん》し始めたことで、幸せな日々は突然、終わりを告げた。

男が病に倒れ、女は必死に看病をしたが助からなかった。

女は悲しみに暮れ、眠りもせずに泣き続け、ある夜とうとう発狂し、髪を振り乱して湖の森へと消えていった。

その日は旧暦四月の初めで、古来たくさんの星が降る夜だった。流れ星が湖に落ちたのを見て、女は湖に入れば男に会えると思った。当時、流れ星は『呼ばい星』と呼ばれており、星が長く尾を引く姿は、愛《いと》しい女に恋い焦がれるうちに身体《からだ》から魂が抜け出し、恋人に会いに行く男の姿であるとも言われていたからだった。

女は、死んだ男が自分に会いに来てくれたと思い、湖に飛び込んで死んでしまった。

その姿を見て女を憐《あわ》れんだ湖の神は、ふたりが来世でまた巡り会えるように、加護を与えた。

それ以来、この湖には恋人たちにご利益のある神がいるとして、深く信仰されるようになった。

悲劇の恋人たちが生まれ変わって再び出会うことができたかどうかは、誰《だれ》も知らない。


細かい違いはあるけれど、古い伝承だからそういうものなのだろうと思う。

これは、留生が書いた物語のもとになった話なんじゃないか。それは直感だった。

スマホを取り出してインターネットで調べてみると、旧暦の四月は現在の暦《こよみ》の五月ごろにあたるとわかった。

五月の初めに、たくさんの星が降る日。二年前の記憶が甦《よみがえ》る。みずがめ座η《イータ》流星群だ。

すぐに検索して、流星群についての情報がまとめられているサイトを見つけた。四月の下旬から五月の末に観測できる、みずがめ座η流星群。最《もっと》も多くの流れ星が観測できるピーク、極大を迎えるのは、五月六日。

「今日だ……！」

窓の外を見ると、街はすっかり夜闇《よやみ》に沈んでいた。いつの間にこんなに時間が経っていたのか。ちょうど閉館のアナウンスが流れてきて、今は十九時だと悟った。

私は急いで荷物をまとめ、机の上に山積みになった本や資料をもどかしい思いでひとつずつ書架に戻すと、図書館を飛び出した。

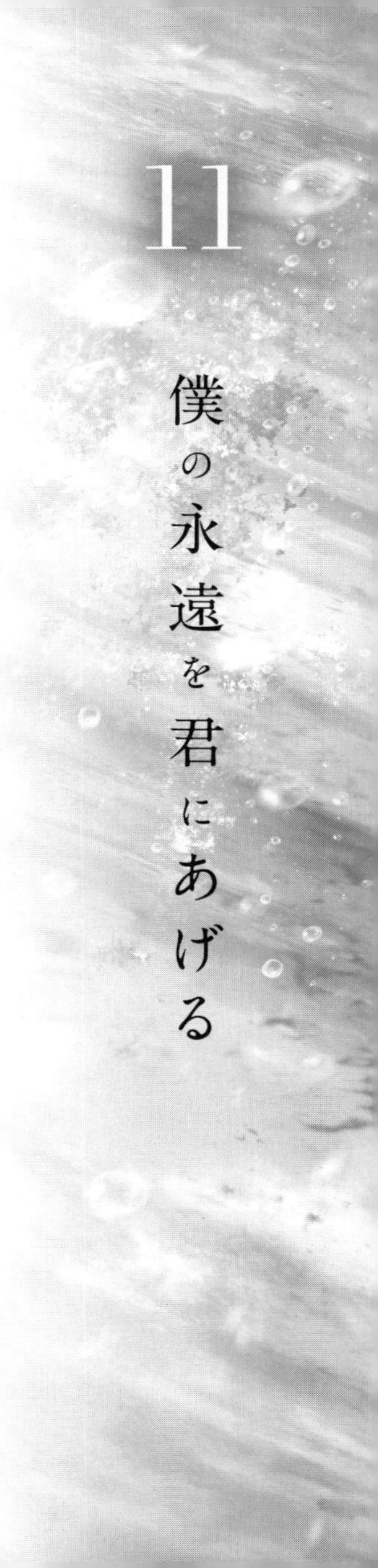

11 僕の永遠を君にあげる

——僕の永遠を全部あげる。全部、全部、君にあげる。

——だからどうか、幸せになって。今度こそ君は君の命を全うして。


街の明かりも届かない真っ暗な森の中を、ひとり歩く。

普通に考えればとても怖いはずだけれど、今はそんなことは全然気にならなかった。私には、やらなくてはいけないことがあったから。

背の高い木々に囲まれた道を抜けて、夜空を映す湖が見えてきたとき、私の目はすぐにそこへと吸い寄せられた。ほとりの畔にぽつんと座り込む、白いシャツの背中。

「留生《るい》」

その名前を唇に乗せたのは本当に久しぶりで、呼びかけることができただけで、こんなにも熱い想いが込み上げてくるほどに嬉《うれ》しいなんて。片時も忘れたことなんてなかったけれど、この二年間毎日心の中で呼んでいたけれど、実際に口にするとこんなにも心を揺さぶられるのだ。

彼は腰を下ろしたまま、ゆっくりと振り向いた。

「……千花《ちか》」

柔らかく私の名前を呼ぶその声の懐かしさに、胸が震えた。ああ、留生だ、と思った。私がずっとずっと探していた、求めていたのはこの人だ。

彼の向こうで、満天の星空を映す湖面に、白く長く尾を引く流れ星が落ちていった。あの星は私だ。焦がれて焦がれて、とうとうあなたに会いに来た。

留生がゆっくりと立ち上がり、星空と湖を背に立った。また星がひとつ流れる。今日は数えきれないほどの星が降る日だ。

私は思わず、よかった、と呟《つぶや》きを洩《も》らした。

「会えてよかった……」

留生が私をまっすぐに見つめている。私の記憶に刻みつけられていた通りの、真っ黒な中に銀色の星がきらめく夜空のような瞳《ひとみ》で。

「遅くなってごめんね」

声が潤みそうだった。ぐっと呑《の》み込んで「本当にごめんね」と繰り返す。

するとと彼は少しうつむき、流れ星を背に、細く口を開いた。

「……どうしてここがわかったの？」

「きっと留生は流れ星を見に来るんじゃないかと思って」

答えると、彼が目を見開いた。

「留生にとってこの流星群は、きっと特別な意味があると思ったから」

続けて言うと、何かを察したのか、彼の顔が歪《ゆが》んだ。

「どうして知ってるの？　思い出した？」

私はふるふると首を横に振る。

「図書館で調べた。あと、留生の小説。合わせて考えたら、そういうことかなって」

留生が弱々しく笑って、それから目を伏せてうつむいた。

「そっか……」

「何を……しに来たの」

「会いに来たに決まってるでしょう」

「………」

彼は何も言わなかった。その反応にショックを受けていることを自覚して、自分が彼に喜んでもらえると思い込んでいたことに気づいた。

てっきり笑顔で迎えてくれると思っていたのに。きっと彼は、「来てくれてありがとう」って言うと思っていたのに。なんでそんな苦しそうな顔をしてるの？

沈黙に耐えきれなくなって、私は鞄《かばん》を開いた。

「それと、これ……借りたままだったから、返しに来た」

湖に来る前に家に寄って、クローゼットの奥にしまい込んでいた、この青いコートを取ってきた。会えない間ずっと、私の胸を乱していた留生のコート。

差し出したけれど、留生は受け取ってくれなかった。

「あげるって言ったのに……」

彼は困ったように苦い笑みを浮かべて、それから言った。

「……僕は、千花に、会いたくなかった」

その言葉が鋭い矢のようになって私の心臓に突き刺さった気がした。それくらいの衝撃だった。気がついたら、涙が一気に溢《あふ》れ出していた。抑えようもないくらいぼろぼろと、頬《ほお》がびしょ濡《ぬ》れになるほどに。

留生が呆気《あっけ》にとられたように私を見ているのが、歪んだ視界の中でもわかった。

「なんで？　なんでそんなこと言うの？」

私は自分でも呆《あき》れるくらいに号泣しながら、まるで駄々っ子のように留生にすがりついた。

「会いたかったって言ってくれたのに。私に会いたかったから待ってたって、あのとき言ってくれたのに」

二回目に会ったときのことだ。今でも鮮明に覚えている。留生は一ヶ月間ずっと、いつ来るかもわからない私を公園で待ってくれていた。そして現れた私に、言ったのだ。『君にまた会いたかったから』、『ここで待ってれば、きっとまた会えると思って』と。

だから、今日もきっとそう言ってくれるんじゃないかと、私は思い込んでいたのだ。それなのに、どうして、『会いたくなかった』なんて言うのか。

がんばって、がんばって、やっと手がかりを見つけて、やっと会えたのに。

会いたくなかった、なんて。

涙も嗚咽《おえつ》を抑えられなくなって、私は激しくしゃくり上げながら泣いた。人前でこんなに泣いたのは、きっと物心つく前の幼いころ以来なんじゃないかと思う。家族の前でも、ここまで感情をぶつけるように泣いたことなんてない。留生だけ、留生だけが特別なのに。

「千花……」

戸惑ったように留生が言った。涙でびしょ濡れの目では彼の顔は見えないけれど、その声で、彼がどんな表情をしているのかわかるような気がした。

「千花、千花、泣かないで……」

なぜか留生まで今にも泣き出しそうな切なげな声をしている。

そのとき、視界の端に、白いものがちらりと映った。留生のシャツの腕だとすぐにわかった。私を抱きしめようとしているのだということも。

でも、私の背中に手が回されることはなかった。白いものがゆるゆると下がっていく。

どうして。あのときは抱きしめてくれたのに。

ごめん、と留生が呟いた。

「ごめん、千花を泣かせるつもりじゃなかった……」

途方に暮れたような声だった。私はしゃくり上げながら彼を見上げる。

背後に広がる星空が美しすぎて、あまりにも私の気持ちに合わなくて、悲しかった。

「……でも、僕はもう千花に会ったらいけなかったんだ」

「……会ったら、いけない？」

会いたくない、ではなく、会ったらいけない。

ずいぶん意味合いの異なる言葉だ。私はなんとか嗚咽をこらえて訊《き》き返した。

「どういうこと？　なんで？」

留生は言葉を選ぶように、薄く開いた唇を震わせてから、小さく告げた。

「決心が揺らいでしまうから。……もう一度、千花に会ったら、もう二度と、君に会えなくなるから」

「え……？」

まるでなぞなぞみたいな言葉だった。

「……もう、わけわかんないよ……」

今度は私が途方に暮れる番だった。留生にはあまりにも秘密が多すぎる。

「二年前……、どうして私の前からいなくなったの？」

訊きたいことはたくさんあったけれど、いちばん知りたかったことを訊《たず》ねた。留生は小さく首を振っただけで、答えてくれない。

「ねえ、留生。教えてよ。知りたいよ。私、留生のこと、ちゃんと知りたい」

必死に訴えても、彼は申し訳なさそうに目を背けるだけだった。

きっとこのままじゃらちが明かない。留生はこのままじゃ何も話してくれない。そう悟った私は、鞄から一枚の紙を取り出して、彼に手渡した。留生の目が大きく見開かれる。

それは、彼が書いた小説の、私には秘めていた、最後の一枚。『僕の永遠を全部あげる』というタイトルのついた、詩のようなものだった。

彼が凝視しているそれを、私も見つめる。何度読んでも胸が抉《えぐ》られそうになる。こんな言葉をもらったって、私は少しも嬉しくない。そんなものは欲しくない。それよりも――。

「お願い、教えて。きっと私は、留生が思ってるよりずっと、真実に近づいてると思う。でも、全部じゃない。だから、知りたいの。教えて、全部。留生が今まで積み重ねてきたことを」

しばらく黙り込んでいた留生が、でも、と呟いた。私は目を上げて、困ったように眉《まゆ》を下げている彼を見つめる。

「……きっと、信じられない話だよ」

「留生は最初から信じられないことばっかりしてたじゃない」

思わずそう返すと、留生が「え？」と目を丸くした。

「だって、いきなり現れて、初対面なのにわけわかんないことばっか言って、待ち伏せするし、転校までしてくるし、一日中つきまとうし。普通に考えたらありえないことばっかりだよ。今さらどんな話されても驚かないよ」

少しでも空気を軽くしたくて、ずけずけと言ってやると、留生が一瞬止まってから、おかしそうに噴き出した。

「それもそうだね」

くすくすと笑う顔。あのころと変わらない、優しい笑顔。二年前がどうしようもなく懐かしくなって、胸が締めつけられるような気持ちになる。

笑いの波がおさまった彼が、前髪の隙間《すきま》から覗いている額の傷痕《あと》に、指先でそっと触れた。刃物《はもの》で切り裂かれたような傷痕だ。

私も無意識のうちに顔の右側に指を添わせた。私を苦しめ続けた醜いあざ。でも、もしかしたら、これが唯一、私と留生をつなぐものなのかもしれない。

「……わかった。話すよ、全部」

彼の言葉に、私は大きく頷《うなず》いた。空には無数の星と、幾筋かの流れ星が瞬いていた。


僕が書いた小説は、一部を変えたりはしたけれど、僕の記憶に基づいて書いたものだった。

僕のいちばん古い記憶は、もう何百年前かもわからないほど遥《はる》か遠い昔、この湖の近くにあった小さな農村で暮らしていた人間の記憶だ。

彼には恋人がいて、とても愛し合っていた。

あるとき村で熱病が流行《はや》って、まず彼女が倒れた。彼は必死になってお金をかき集め、なんとか薬を買うことができて、彼女の病は完治した。

でも、次に彼が同じ病にかかったとき、彼女はもう何をしても薬を買うことができなかった。だから彼女は、湖の神様に力を借りようと思って、森に出かけていった。ちょうど今日と同じ流星群が訪れる日だった。

彼女は流れ星が降る中で、賽銭《さいせん》と供え物とご神体を盗み出した。それは神様の激しい怒りを買って、罰として顔を火で焼かれ、大火傷《やけど》を負って、それがもとで死んでしまった。

でも、それだけでは許されず、さらに彼女には、未来永劫《みらいえいごう》苦しみ続けるという恐ろしい罰が下されることになった。彼女の魂は、何度生まれ変わっても、ひどくつらい境遇で生きることになって、死ぬときも壮絶な苦しみが与えられる。しかも、死ぬのは決まって、罪を犯したのと同じころ、十七歳の流星群の日。若くして凄惨《せいさん》な死を遂げる、という罰だった。

彼は、愛する彼女が自分を救うために永遠の苦しみを与えられたことを知って、自分がその罪を背負おうと決めた。それで湖の神様のところに行き、自分の額を懐刀で切り裂いて、その血で彼女の罪を許してほしいと願った。そして次に心臓を突いて、自分の命を捧《ささ》げる代わりに、彼女に下される罰を自分に肩代わりさせてほしいと願った。

神様はそれを受け入れてくれた。彼の魂は、前世の記憶を持ったまま生まれ変わることになった。転生した彼は、自分の力で彼女の生まれ変わりを探し出し、十七歳の流星群の日までに死を迎える彼女の命の危機を救えたら、彼の願いが叶《かな》う。

彼は神様との契約の証《あかし》として、額の傷の痕を持って生まれ変わることになった。そして彼女も、罪の証として、火傷を負った場所にあざをもって生まれる。それが彼女を探す手がかりになるだろう、と神様は言った。

そうやって彼の魂は、神様に与えられた永遠の時間の中で、全《すべ》てを記憶しながら生まれ変わり続けることになった。それが永遠の旅の始まりだった。


なんて途方もない話だろう。私はすぐには言葉も出ずに、黙って目を閉じた。

たとえば、と想像してみる。何度も生き、何度も死に、その苦しみを忘れることなくまた生まれ変わる。記憶には、過去に生きた全ての人生の悲しみや苦しみが全部こびりついている。自分だけが終わることのない永遠の中を生きている。どこまで続くかわからない真っ暗なトンネルの中にひとりでぽつんと立っているような気分だった。

そんなの耐えきれない、と思った。果てしない孤独感に、想像しただけで心が打ちひしがれてしまいそうになる。

「僕もね、物心ついたころから、ぼんやりとだけど、僕には何か探さなきゃいけないものがあるってわかってた。しかも、急いで見つけなきゃいけないことも」

留生が再び口を開いた。これから彼自身の話が始まるのだとわかった。

「だから家にじっとしてるなんてできなくて、親から勝手に外に出るなって怒られても、居ても立ってもいられなくてすぐに家から飛び出してた。どこに行けばいいかもわからないけど、とにかく探さなきゃって、足が動かなくなるまでずっと歩き回ってたよ」

これでやっと、留生の母親がしていた話とつながった。まだ学校にも通っていないほんの小さな男の子がひとりで外に出るなんて、あまりにも危険で、あまりにも寂しい。

でも、穏やかな口調と静かな瞳《め》で語る彼自身は、そのことを少しも不思議にも異常にも思っていないようだった。それがひどく悲しい。

「小学生のときに、いつもみたいにぶらぶらしてて、この湖を見つけたんだ。ここ知ってる、と思った。引き寄せられるように中に入って、全てを理解した。あの祠《ほこら》はもうなくなってるけど、確かに僕はもうずっと長い間、この湖を見つめてきたって記憶がはっきりした。この傷痕がなんなのかも、誰を探さなきゃいけないのかも」

留生はそこで口をつぐみ、おもむろに上げた指先でまた自分の額の傷痕に触れた。そして私の顔をじっと見つめる。

それから彼はゆっくりと瞬きをして、どこか苦しげな声で「実はね」と切り出す。

「前のときは、やっと見つけて声をかけようとしたら、目の前で車に……轢《ひ》かれて……。僕は間に合わなかった。だから、今度こそは手遅れにならないうちに、一刻も早く見つけないといけない、何がなんでも探し出すんだって、毎日自分に言い聞かせてた。それなのに、高校生になってもなかなか見つけられなくて……」

目を伏せて語る留生の肩は、かすかに震えているように見えた。思わず手を伸ばしかけて、躊《ちゅう》躇《ちょ》して引っ込める。

「僕はまた失敗してしまうのかって不安と恐怖に押しつぶされそうになって、家に帰る気にもなれなくて夜遅くまでさまよっていたときに、とうとうあの公園で君を見つけた……。本当に嬉しくて嬉しくて、泣きそうだった」

あの雨の夜の光景が、鮮やかに甦《よみがえ》ってきた。寒くて寂しくて悲しくて、ひとり凍えていた夜。私にとっては、留生は突然現れた不思議な男の子だった。でも、留生にとっては、何年もかけて探し続けていたものを、やっと見つけた瞬間だったのだ。

「でも、触れようとしたら震えて固くなったのを見て、悲しくなった。もしかして千花はとてもひどい生活をしてるんじゃないかと思って、やっぱり僕は遅すぎたんだと思った」

初めて会ったとき、留生が『間に合ってよかった』と微笑《ほほえ》んでいたこと。近づいてきた彼の手を反射的に恐れてしまったとき、『遅くなってごめん』と悲しそうに言ったこと。それが何を意味していたのか、今になってやっと、本当の意味でわかった。

「考えれば考えるほど、心配で仕方なかった。居ても立ってもいられなくて、あの公園で待ち続けて、また会えた。そのときに制服で学校がわかったから、気味悪がられるのは承知の上で、君の通ってる高校に転校したんだ。少しでも千花の近くにいたくて……」

彼はこんな私を、そんなにも必死で探してくれた。夜の公園でひとり雨に濡れて震えていた私を見つけてくれた。そして、戸惑う私のそばに、それでも来てくれて、頑《かたく》なに殻にこもっていた私とずっと一緒にいてくれたのだ。

そのことで、私がどれだけ救われたか。どれだけ変われたか。

「……それなら、なんで、死のうとしたの」

気がついたら、かすれた声で訊ねていた。

「私のことが心配で、近くにいたいって思ってくれてたなら、どうして私の前からいなくなったの？」

「そういう決まりだから」

ふいに現れたひときわ大きい流れ星を見つめながら、留生が答えた。

「契約のときに神様が言ったんだ。彼女を救う代わりに、僕は幸せになってはいけないって。彼女の身代わりになって、不幸になるっていう罰を背負うって誓ったのに、僕が幸せになったらおかしいでしょ。『もしも約束を違《たが》えたら、契約は破棄となり、来世では彼女には会うことはできない、彼女を救うことはできない』って」

幸せになってはいけない。不幸を背負う。あまりにも重い言葉に胸を抉られ、私は絶句した。

「は、なにそれ……」

なんとか言葉を絞り出す。声は震えていた。胸の奥底がじわりと熱くなるのを自覚する。

なんでそこまで縛られなくちゃいけないの。そう思ったけれど、それはやり場のない怒りだった。

湖に目を向ける。とても静かで、穏やかで、美しい湖。ここにそんな恐ろしい神様がいるなんて、私にはどうしても思えなかった。

全て留生の夢なんじゃないか。全部全部ただの幻で、私に与えられた罰も、留生が縛られている契約も、本当は存在しないんじゃないか。

そう考えてしまいたくなるけれど、彼の真剣な表情や、その傷痕、そして私に染みついたあざを思うと、そんな軽々しいことは口にできなかった。

「僕にとっての幸せは、千花の幸せを隣で見守ることだ。それ以外には何も、幸せだと思うことはなかった。だから、不幸にならなきゃいけないとしたら僕は、君の前から消えないといけなかった。君のそばにいちゃいけなかった」

なんて寂しい言葉だろう。私のことを見守ることだけが幸せだなんて、嬉しいことを言われているはずなのに、こんなにも寂しい気持ちになるなんて。

ふいに留生がすっと視線を滑らせ、鏡のような湖を見て「あの日」と呟いた。

「二年前の流星群の日、千花がここに飛び込んだとき……必死に走ってなんとか追いついて、君を助けることができて、心からほっとした。たくさん話をして、最後に千花は、今までいちばん明るくて、とても清々《すがすが》しい顔をしてた」

「そうだよ……留生の言葉が私を救ってくれたから」

私が頷くと、彼は嬉しそうに笑ってこちらを見た。

「これでもう大丈夫、千花はきっともう二度と、自分で自分の命を終わらせようとしたりすることなく、これからも生きていってくれるだろうと思えた。君は、君の魂は、本当に強くて優しいから。きっと自分の力で苦しみも悲しみも乗り越えていけるはずだ」

だから、と形のいい唇を笑みの形にしたままで留生は言う。

「あとは僕が千花の前から消えるだけ。そしたら今度こそ全てがうまくいく。来世でも君に会うことができる。そう思って、心からほっとした」

本当に晴れやかな表情をしている。

「千花がこれから幸せに生きていくために、僕は消える。僕が君のそばにいたら、来世で君に会えない」

彼は穏やかな声できっぱりと言ったあと、ふいに眉をひそめて、呟いた。

「……もう二度と、あんな思いをするのは嫌なんだ」

ずっと探し続けていた人の命が消えるのを何度も何度も目の当たりにして、彼の心にはどれほどの悲しみと苦しみが染みついているのだろう。しかも、その悲痛を決して忘れることができないまま永遠に生まれ変わり続けなければならないのだ。途方もない数の人の中からたったひとりを見つけて、救い出したら姿を消して二度と会わず、自らに不幸を課し続けて、死んだらまた生まれ変わって……それをひたすら繰り返す。想像を絶するほどの苦悩だと思った。

「だから、僕は消えるんだよ」

私は目を伏せ、唇を噛《か》んで、それから顔を上げた。

「そんな……そんなのが、永遠に続くの？　じゃあ、留生は何のために生きてるの？」

思わず正直な気持ちを言葉に出してしまった。こんな不躾《ぶしつけ》な訊ね方は彼を傷つけてしまうかもしれないと思ったけれど、我慢できなかった。

でも、留生は平然とした顔で答える。

「永遠にそうし続けるつもりだよ。だって、僕は君に会うためだけに生まれて、君を助けるためだけに生きてきたんだから」

あまりにもまっすぐな言葉と、少しの濁りもない眼差《まなざ》しだった。私は言葉を失い、ただ彼を見つめ返すことしかできない。

私の視線を正面から受け止めて、留生が優しく微笑んだ。

「僕が神様からもらった永遠は、全部全部、君に捧げるためにあるんだから」

まるで映画やドラマの中に出てきそうな台詞《セリフ》。きっとこんな言葉をもらったら、主人公の女の子たちはみんな嬉しくて泣いてしまうだろう。

でも、私はちっとも嬉しくなんかない。こんな言葉が欲しいわけじゃない。

きっと、『いちばん最初の私』も同じ気持ちだろう。愛する人にこんな運命を背負わせるために、罪を犯してまで救ったわけじゃないはずだ。

「だから、これでいいんだよ。千花が気に病むことはない。僕は君のために生きて死ねることが、本当に何より幸せで嬉しいんだから」

彼が言う『君』は、私だけを指す言葉ではないのだ。これまでに生きてきた全ての『過去の私』と、今ここで生きている『現在の私』、そしてこれから生まれるであろう全ての『未来の私』

に向けられた気持ちなのだ。

そう思い当たったとき、胸の奥のほうでくすぶっていた何かが、とうとう炎を上げるのを感じた。それは、紛れもない怒りだった。

留生が「そろそろ行くよ」と呟いて、さっと立ち上がった。その姿は、記憶にあるよりもずいぶんやせてしまっている気がした。この二年間、彼はどんな生活をしていたんだろう。胸の中の炎がさらに燃え上がる。

「じゃあ、またね。いつか必ずまた会おう。ずっとずっと先の未来で、君が天寿を全うして、そしてまた生まれ変わったら、僕はきっとまた君を探し出してみせるから、待っててね」

微笑みながら告げる姿を見ながら、何度も何度も繰り返し読んですっかり覚えてしまった『最後の一枚』に書かれた言葉を、私は目を閉じて反芻《はんすう》した。


君がどこにいようと、僕は必ず君を見つける。

たとえ君がどんな苦しみの中にいようと、僕が必ず救い出してみせる。

君はあの日、全てをかけて僕を救ってくれた。

そして君は今も、僕のために犯した罪を償い続けている。

君の苦しみは全て、僕のせいで君に下《くだ》された罰だ。

だから僕は、君からもらったものを返してあげたい。

君の目が見えないのなら、僕の目をあげる。

君の耳が聞こえないのなら、僕の耳をあげる。

君の声が失われたのなら、僕の声をあげる。

君が幸せを忘れたのなら、僕の幸せを全部あげる。

君が命の終わりを迎えるのなら、僕の命を全部あげる。

僕の生涯《しょうがい》は全て君に捧げる。

僕が手にした永遠は、全て君に捧げるためにあるから。

僕の永遠を全部あげる。全部、全部、君にあげる。

だからどうか、幸せになって。今度こそ君は君の命を全うして。


瞼を上げて空を仰ぐ。星空が広がっていた。留生に出会ったあの夜に降っていた流星のような雨を思い出して、胸が切なく、温かくなった。

それから唐突に、彼が姿を消したあの日、最後に彼が私に残した言葉を思い出した。

『どうか、生きて。たとえ僕が……』

あのときはあまりに声が小さくて聞き取れなかったけれど、今になってやっと理解した。彼は、こう言ったのだ。

『たとえ僕が、いなくなっても……』

自分が全てを背負って姿を消すという覚悟とともに、彼はあの言葉を私に囁《ささや》いたのだ。

留生がくれた全ての言葉から、彼がどんなに私のことを大切に思ってくれているのか伝わってくる。それは嬉しい。とても嬉しい。

でも、違う。そうじゃないんだ。

「――ばか!!」

思い切り叫んだ。そして、森の奥へと歩き出した留生の背中に、勢いよく抱きつく。

「……違うよ、留生」

後ろからぎゅうっと抱きしめる。

涙が溢れてきた。絞り出すような声で、「いらないんだよ」と囁く。

「永遠なんかいらない。今だけでいい」

留生が驚いたように振り向いた。真っ黒な瞳がじっと私を見ている。

「自己犠牲《ぎせい》なんて、ただの自己満足だよ」

できる限りの強い口調で、思いつく限りのきつい言い回しを選んで、ひどい言葉をぶつける。

それくらいしないと、きっと彼の考えを変えることはできない。

「悪いけど、そんなことしてもらったって、ちっとも嬉しくないから。たとえ私のためだとしても、留生の目も耳も声も、命も時間も、全然もらいたくないから」

留生はぽかんとして私を見ている。しばらくして、「でも」と小さく呟いた彼が、ぼんやりと空を見上げた。未来に思いを馳《は》せているのだろうか。

でも、きっと未来の『次』の私も同じことを言うはずだ。自分の幸せのために留生に不幸になってほしいなんて、私と同じ魂を持っているのなら、絶対に思わないはずだ。

だって私はこんなにも、留生にそばにいてほしいと、幸せでいてほしいと思っている。『これまで』の留生にも、不幸を選んだりしてほしくなかったと思っている。人知れず自分を犠牲にしてきた彼に気づかず、のうのうと生きていた過去の自分を激しく悔やんでいる。

涙がぼろぼろと流れ落ちてくる。私は、今にも私の前から消えようとしている背中を抱きしめる腕に力を込めた。

「ねえ、留生。ちゃんと『私』を見てよ……」

泣きながら呻《うめ》くように言うと、留生は小さな驚きの声を洩らした。『見てるよ』と言いたげだった。でも、違うのだ。

「今ここで生きてる私をちゃんと見てよ。そして、今ここで生きている留生をちゃんと大切にしてよ」

人との関わりを絶って、親との関係さえ犠牲にして、ただ私を探すためだけに生きてきた。目的を果たしたら今度は自ら不幸になろうとしている。私は留生に、そんなふうに自分をないがしろにして生きてほしくなんかない。

「未来なんてどうでもいいの。来世でもその次でも、ちょっとくらいひどい目に遭ったっていいから、救われなくたって全然かまわないから……」

これくらいの苦しみは、留生が味わってきたものに比べれば、どうってことない。留生のためなら耐えられる。だから。

「今、留生に、ここにいてほしい。今、そばにいてほしい」

彼の目が、これ以上ないくらいに大きく見開かれた。頭上に広がる星空まで映してしまいそうなほどだった。

「だって、私にとっては、留生がそばにいてくれるのが幸せなんだよ。留生がいなくなったら私は不幸だよ。私を幸せにすることが留生の目的だって言うなら、今、ここで、そばにいてくれなきゃ意味がないよ……」

必死に言葉を紡ぐ。こういう言い方で私の気持ちが本当に彼に伝わるのか不安で、自分の口下《べ》手《た》さがもどかしかった。

「ねえ、留生。ちゃんと自分の人生を、自分のために生きてよ」

すると、彼はどこか怪訝《けげん》そうな顔をした。

「……自分のために生きるって、どういうこと？」

心底不思議そうに囁く。

きっと彼は、人のために生きた時間が長くなりすぎて、自分のために生きるということを忘れてしまったのだ。

趣味もなく、好きな音楽もなく、学校でもみんなから奇異の目で見られるほど、自分自身にまるで関心のない様子で生きていた留生。私は少し考えて、ゆっくりと答えた。

「自分の好きなものや、そうじゃないことを見つけて、自分の足で自分のために生きること、かな」

よくわからない、と留生が困ったように呟いた。

「好きなものって、どうやって見つけるの？」

「これから私と一緒に見つけていこう」

私は涙を拭《ぬぐ》って笑みを浮かべた。

「好きな食べ物、好きな色、好きな音楽、好きなスポーツ、好きな映画、……うーん、私もあんまりないな」

言いながら気がついて思わず呟くと、留生がふっと噴き出した。

「じゃあ、千花も探さなきゃ」

おかしそうに言われて、胸が震えた。留生の素直な笑顔は、とても温かくて明るくて、愛《いと》しかった。

「一緒に見つけに行こう」

私は留生の手を握った。ほとんどまともに食べていないような細い細い手だった。この手をもう離さない、絶対に、と強く心に誓いながら、ぎゅっと力を込める。

「好きなものを探して回ろうよ。おいしいものをお腹《なか》いっぱい食べて、色んなところに行って、たくさん綺麗《きれい》なものを見て、楽しいことといっぱいするの。そうやってふたりで、自分の好きなもの、大切なものを見つけていこう」

それ、と留生が笑いながら言う。

「すごく楽しそう」

でしょ、と私も笑って答える。留生はゆっくりと瞬きをして、それから大きく深呼吸をして言った。

「僕は、幸せになって、いいの？」

まるであどけない子どもが屈託なく問いかけているようだった。

「いいに決まってるでしょ」

私はきっぱりと答えた。

「幸せに、なるの！」

思わず叫んだ。やっぱりうまく出てこない不自由な言葉に身悶《みもだ》えしながら、私は声を強くする。

「神様がどんな罰を与えたかなんて、どんな契約をしたかなんて、私は知らない。そんなのどうでもいい。幸せになっちゃいけないなんて、誰《だれ》かに決められるべきことじゃないよ」

留生が呆気にとられたように私を見ている。自分でも、後先考えない無鉄砲なことを言っていると自覚していた。でも、これが私の本心なのだ。

「私たちは、幸せになるの、ふたりとも。ふたりで、幸せになるの。幸せになってみせるの。それを神様に見せつけてやろうよ」

留生の瞳から、ぽろりと涙がこぼれた。夜空に輝く星のように綺麗な涙だ。

「……ありがとう」

留生が私の手を強く、強く握り返す。それから彼は、噛みしめるように囁いた。

「僕は、本当は心のどこかでずっと、死ぬまで一緒にいたいって、最後の最後まで君と一緒に生きてみたいって、思ってたんだ――」

彼の手を両手で包み込みながら、私はうん、と頷いた。

気の遠くなるほど長い長い回り道をしてしまったけれど、やっと『彼』と『彼女』は約束を果たすことができるのだ。『死ぬまで一緒にいよう』という、いちばん最初の、ふたりだけの約束を。


空にはいつの間にか、天の川が現れていた。銀の粉のように星の散らばる藍《あい》色の空に、青銀色に立ちのぼる煙のようで、それがそのまま湖の鏡に映り込んで、そこに流れ星が降り注ぐ。息を呑むほど美しい光景だった。

私は留生と肩を並べて、湖畔《こはん》に腰を下ろした。星明かりをたたえた静謐な湖を見つめながら、呟く。

「なんか、大丈夫な気がする」

唐突な私の言葉に、留生が首を傾《かし》げた。私は微笑んで彼に告げる。

「湖を見ても、怒られてる気がしないもん。神様はきっともう怒ってないよ。もう許してくれてる。きっと来世も大丈夫だよ、私。だから留生は、不幸になる必要なんてないよ」

まだ涙の余韻が残る瞳を瞬いて、ふっと留生が笑った。

「やっぱり僕、千花のこと好きだなあ」

ぼっと顔が熱くなる。そんな台詞を、こんなシチュエーションで言うなんて、反則だ。

「……私は留生のそういうところ苦手」

思わず上目遣いで軽く睨むように言うと、彼は「えっ」とショックを受けたような顔をした。そんな表情を見たのは初めてで、私は思わず噴き出す。

「うそうそ、ごめん、冗談」

留生があからさまにほっとした表情になる。

「冗談かぁ。心臓に悪いよ……」

「ごめんごめん」

あはは、と声を上げて笑っていると、ふいに留生が顔を覗《のぞ》き込んできた。

「前髪、切ったんだね。似合うよ」

せっかく引いた頬の紅潮が甦るのを自覚する。

「うん……。前までは、あざを隠したくて伸ばしてたんだけど。でも、それだと周りがよく見えないから」

姿を消した留生を探し出そうと決意して、鋏《はさみ》を入れたあの日のことを思い出す。彼の姿を絶対に見逃《みのが》したりしないように、長い間こもっていた殻を破るような気持ちで切ったのだ。

世界ってこんなに明るかったんだ、と驚いたのをよく覚えている。

留生がそっと手を伸ばしてきて、あざのある右頬に指先で触れた。

「君のあざは、君の優しさや強さの証だから、僕への愛の証だから、僕はそれを見るたびに、愛しくてたまらない気持ちになるよ。泣きたいくらいに」

うん、と私は頬の熱を感じながら頷いた。

それは私も同じだ。きっとこれから、私は留生の額の傷痕を見るたびに、切ないほどの愛おしさに胸を震わせるだろう。

「ねえ、留生。あなたの話を聞かせて。留生のこと、留生が生きてきた今までのこと、ちゃんと知りたいから」

彼がひとりでさまよい続けた長い長い孤独な旅路に、せめて話を聞くことで、少しでも寄り添いたかった。だから、留生の永遠を知りたかった。

「うん。いくらでも話してあげるよ。千花に全部あげる。今までの僕を、全部あげる」

そればっかりだね、と笑ってから、私は言った。

「今までだけじゃなくて、これからも欲しい。過去だけじゃなくて、未来も。私の未来も、全部留生にあげるから」

彼が私にくれたものは、今の私にはとても返せないくらい、あまりにも大きかった。だから私は、これから一生をかけて、彼がくれた想いに見合うだけの人間になりたい。そしてできれば留生の隣で、彼が自分らしく、自分のために生きていくのを見守りたい。

あの流星の雨の夜、公園の片隅で私たちは出会った。その瞬間に、私の本当の人生が始まったような気がする。そして今、全てから自分を解放した留生も、彼自身のための本当の人生が動き出した。

私たちの本当の人生は、これから始まるのだ。未来はきっと、この満天の星空のように、どこまでも美しく明るい。

あとがき

この度は、数ある書籍の中から『僕《ぼく》の永遠《えいえん》を全部《ぜんぶ》あげる』を手にとっていただき、誠にありがとうございます。

本作は、デビュー当時の私には行き着くことすら想像できなかった六冊目の書籍であり、また、初めての書き下ろしという記念すべき作品でもあります。全ては皆様の応援の賜物《たまもの》です。

約五年前から小説の創作活動を続けてきましたが、当初からずっと、作品を思いついた段階で小説サイト上に公開し、随時更新しながら書き進めていくという創作スタイルでした。そのため、常に本棚登録者様の数やPV数に一喜一憂しつつ、感想コメントなどをいただいて励まされながらの執筆でしたので、刊行されるまで担当編集者様以外には誰からも読まれず、感想もいただかない書き下ろしというのは、「この話は本当に面白いのか？　読者様に楽しんでいただけるのか？　これでいいのか？」という自分の中からとめどなく湧き上がってくる問いとの戦いでした。

そのせいかどうかは分かりませんが、本作は、今まで書いてきた中で最も難産な作品となりました。プロットを作り上げてから書き始めたはずなのに、何度も何度も設定や構成を変更し、その変更に当たってもうまく考えがまとまらず、一度完成させてからもまた様々な加筆修正を行って大幅に書き直し……という繰り返しで、気がつけば作品の構想から二年も経過してしまっておりました。本当に苦しくつらい、でも創作の楽しみを味わい尽くした二年間でした。

何度も何度も改稿し、それでも気に食わない箇所が出てきて自分の中での違和感が拭えず、また設定から考え直したりしたため、常に時間との戦いで、担当者様には本当に多大なるご迷惑をおかけしてしまいました。それでも見離すことなく納得がいくまで手を加えさせてくださったので、なんとか自分なりに「これだ！」と思える形に書き上げることができました。まだまだ未熟者ではありますが、「この物語が今の自分に書ける最高の作品だ」と胸を張って言いたい、渾身の一作にすることができたと思っております。

前置きが長くなってしまいましたが、この『僕の永遠を全部あげる』という作品について、少し語らせていただきたいと思います。

本作の構想は、まずタイトルを思いついたところから始まりました。ふと思いついた言葉を、スマートフォンのメモ帳アプリに書き付けて、いつかこのタイトルで作品を書きたいな、とずっと心の片隅に引っかかっていたものでした。一迅社様から書き下ろし作品のお話をいただいたときに、すぐにこのタイトルのことを思い出して、これで行こう、と決めました。

とはいえ、詳細は全く決まっていなかったので、漠然と「永遠を生きる少年が、運命の相手に対して、自分の永遠の時間を全てあげてもいいというほどの深い愛を捧げる物語」をイメージし、

「究極の無償の愛」をテーマに決めて、そこからストーリーを膨らませていきました。

主人公の千花《ちか》は、家では家族からないがしろにされ、学校でも「空気以下の存在」であり、どこにも安心できる居場所がなく、暗闇の中で孤独に震えて、死んだように生きている少女です。自分には存在価値がない、誰からも必要とされていない、この世界に自分の味方なんてひとりもいない。彼女は常にそういう思いにとらわれています。誰も味方がいないというよりは、目の前のつらさや悲しみに心を奪われ、思考停止状態になり、視野が狭くなって、周りの本当の気持ちが見えていないのだと思います。「つらいなら誰かに助けを求めればいい」という言葉を聞くことがありますが、彼女のような心理状態にある人は、どんなに悩み苦しんでいても、すがりつくことすら思いつかず、自分を助けてくれる相手がいるなんて考えられないのです。

私は高校で教鞭《きょうべん》をとりながら執筆活動をしているのですが、これまでの教員生活の中で、千花と同じように家でも学校でも安心して自分をさらけ出したり落ち着いたりできない子たちを、たくさん見てきました。だから、この物語は、そういう若い人たちに私が伝えたいことを、留生《るい》の言葉――特に読んでいただきたかったのは159ページの「誰からも必要とされてないとしても……」という台詞《セリフ》――を借りて形にしたものでもあります。

一方、千花の前に突然現れた謎の少年・留生は、「たったひとつの目的」を達成するためだけに生きて、他の全てに対して興味も関心を持たず、宙を漂うように生きています。自分の人生を諦めているというか、見切りをつけていて、現状以上のものは何も望まず、どこか無気力ともいえる態度で、ただ時が過ぎて自分の命の終わりが来るのを待つだけ。そういうふうに、なんの希望も持てず無気力に過ごしている人もいるのではないかと思います。でも、やっぱりせっかく生きているのだから、積極的に自分の好きになれるものを探して楽しめる人生にしてほしい、と老婆心ながら思います。そういうメッセージも、千花の言葉を借りて作品の中に詰めこみました。

どうかこの物語が、生きづらさや悩みを抱える皆様にとって、少しでも心に響くものになりますよう、心から祈っております。


最後になりますが、この場を借りて感謝の意を伝えさせてください。

構想段階からプロット作成、改稿段階までお付き合いくださったS様。色々な作品を紹介してくださり、拙作も丁寧に読みこんでいただいて詳細かつ具体的なアドバイスをいくつも賜り、本当に物語を心から愛しておられる方なんだなと敬服いたしました。ありがとうございました。

なかなか作品をまとめきれず煮え切らない私のわがままに、最後の最後までお付き合いくださったN様。全ての段階で数えきれないほどのご迷惑をおかけしてしまいましたが、おかげさまでこの物語を自分の理想に近づけることができました。ありがとうございました。

そして、これまでに拙作を手とってくださった読者様、応援のお声を届けてくださった方々。新作を楽しみにしているとおっしゃってくださったあなたのお言葉を励みに、この物語を読者の皆様にお届けしたいという一心で、産みの苦しみも乗り越えてなんとか書き続けることができました。心より感謝いたします。本当にありがとうございました。

二〇一九年四月　汐見夏衛《しおみなつえ》

僕《ぼく》の永遠《えいえん》を全部《ぜんぶ》あげる

2019年4月5日　　初版発行
2020年10月12日　第6刷発行

著　　者　汐見夏衛《しおみなつえ》
発 行 者　野内雅宏
発 行 所　株式会社一迅社
〒160-0022
東京都新宿区新宿3-1-13　京王新宿追分ビル5F
03-5312-7432（編集）
03-5312-6150（販売）
発売元：株式会社講談社（講談社・一迅社）

印刷・製本　大日本印刷株式会社

D T P　株式会社三協美術

装　　丁　百足屋ユウコ＋モンマ蚕（ムシカゴグラフィクス）

・本書は書き下ろしです。
・この作品はフィクションです。実際の人物・団体・事件などには関係ありません。

ISBN978-4-7580-9162-6

おたよりの宛先　〒160-0022
東京都新宿区新宿3-1-13　京王新宿追分ビル5F
株式会社一迅社　文芸・ノベル編集部
汐見夏衛先生